Федоръ Достоевскій

GENTE POBRE

Conheça os títulos da coleção SÉRIE OURO:

1984
365 REFLEXÕES ESTOICAS
A ARTE DA GUERRA
A DIVINA COMÉDIA - INFERNO
A DIVINA COMÉDIA - PARAÍSO
A DIVINA COMÉDIA - PURGATÓRIO
A IMITAÇÃO DE CRISTO
A INTERPRETAÇÃO DOS SONHOS
A METAMORFOSE
A MORTE DE IVAN ILITCH
A ORIGEM DAS ESPÉCIES
A REVOLUÇÃO DOS BICHOS
ALÉM DO BEM E DO MAL
ALICE ATRAVÉS DO ESPELHO
ALICE NO PAÍS DAS MARAVILHAS
ANNA KARÊNINA
ASSIM FALOU ZARATUSTRA
CARTAS A MILENA
CONFISSÕES DE SANTO AGOSTINHO
CONTOS DE FADAS ANDERSEN
CRIME E CASTIGO
DOM CASMURRO
DOM QUIXOTE
ÉDIPO REI
FAUSTO
GARGÂNTUA & PANTAGRUEL
GENTE POBRE
GUERRA E PAZ
MEDITAÇÕES
MEMÓRIAS DO SUBSOLO
MEMÓRIAS PÓSTUMAS DE BRÁS CUBAS
MITOLOGIA GREGA E ROMANA
NOITES BRANCAS
O CAIBALION
O DIÁRIO DE ANNE FRANK
O IDIOTA
O JARDIM SECRETO
O LIVRO DOS CINCO ANÉIS
O MORRO DOS VENTOS UIVANTES
O PEQUENO PRÍNCIPE
O PEREGRINO
O PRÍNCIPE
O PROCESSO
ORGULHO E PRECONCEITO
OS IRMÃOS KARAMÁZOV
PERSUASÃO
RAZÃO E SENSIBILIDADE
SOBRE A BREVIDADE DA VIDA
SOBRE A VIDA FELIZ & TRANQUILIDADE DA ALMA
VIDAS SECAS

Conheça os títulos da coleção SÉRIE LUXO:

JANE EYRE
O MORRO DOS VENTOS UIVANTES

DOSTOIÉVSKI

GENTE POBRE

GARNIER
DESDE 1844

GARNIER
DESDE 1844

Fundador: **Baptiste-Louis Garnier**

Título original: Poor Folk

1ª Impressão 2025

Presidente: Paulo Roberto Houch
MTB 0083982/SP

Coordenação Editorial: Priscilla Sipans
Coordenação de Arte: Rubens Martim (capa)
Tradução: Lilian Rozati
Revisão: Mirella Moreno
Imagens: Wikimedia Commons; Shutterstock (página 6)

Vendas: Tel.: (11) 3393-7727 (comercial2@editoraonline.com.br)

Foi feito o depósito legal.
Impresso na China

Dados Internacionais de Catalogação na Publicação (CIP)
de acordo com ISBD

D724m Dostoiévski, Fiódor

Gente Pobre – Série Ouro / Fiódor Dostoiévski. – Barueri : Garnier Editora, 2025.
160 p. ; 15,1cm x 23cm.

ISBN: 978-65-5310-015-2

1. Literatura russa. I. Título.

2025-2508 CDD 891.7
CDU 821.161.1

Elaborado por Vagner Rodolfo da Silva - CRB-8/9410

IBC — Instituto Brasileiro de Cultura LTDA
CNPJ 04.207.648/0001-94
Avenida Juruá, 762 — Alphaville Industrial
CEP. 06455-010 — Barueri/SP
www.editoraonline.com.br

SUMÁRIO

APRESENTAÇÃO

Dostoiévski: um Legado que Atravessa Séculos

Fiódor Dostoiévski se destaca como uma das figuras mais seminais da literatura mundial, cuja obra transcende o simples entretenimento para se tornar um pilar da compreensão humana e filosófica. Seus romances, profundamente enraizados na psicologia e nas complexidades morais, exploram as profundezas da alma humana, abordando temas como a fé, o niilismo, o livre-arbítrio e a natureza do mal. A importância de Dostoiévski para a história reside não apenas em sua maestria literária, mas em sua capacidade de antecipar e dialogar com as grandes questões existenciais que continuariam a assombrar a sociedade moderna.

Dostoiévski estende-se muito além das fronteiras da Rússia, moldando o pensamento de filósofos, psicólogos, teólogos e escritores em todo o mundo. Pensadores como Nietzsche, Freud e Sartre reconheceram a profundidade de suas análises sobre a condição humana, vendo em seus personagens e enredos um espelho das contradições e anseios da vida. Suas obras, como *Crime e Castigo*, *Os Irmãos Karamázov* e *Memórias do Subsolo*, continuam a ser estudadas e debatidas, oferecendo novas perspectivas sobre os dilemas éticos e sociais que persistem até hoje.

Entender a vida de Dostoiévski é entender também o contexto, as motivações e as críticas de sua obra. Por isso, reunimos os principais eventos da vida do autor numa cronologia rica e detalhada.

Os Anos de Dostoiévski: uma Linha do Tempo Essencial

1821 | 11 de nov.: nasce Fiódor Mikháilovitch Dostoiévski em Moscou, segundo filho de Mikhail Andréievitch Dostoiévski e Maria Fiódorovna.

1831: seu pai compra as propriedades Daravóie, onde Fiódor passou os melhores momentos da infância, e Tchermarchnia.

1833: o pai de Dostoiévski envia Fiódor e o irmão, Mikhail, para estudar fora de casa, no externato de Souchard.

1834: Dostoiévski e Mikhail são matriculados no internato Tchermak, onde ficariam até ingressarem na Escola de Engenharia Militar. A passagem de uma vida estudando em casa para a vida escolar foi duramente sentida por Fiódor.

1836: morre a mãe de Dostoiévski, Maria Fiódorovna.

1838: por insistência do pai, Fiódor faz a prova de admissão para a Academia de Engenharia Militar e passa com louvor, mesmo que já desejasse seguir carreira no universo literário. Seu irmão, Mikhail, é recusado por condições de saúde.

1838-39: Dostoiévski envia várias cartas solicitando dinheiro ao pai, sendo todos os pedidos justificados com questões de necessidades básicas. Mas, a verdade é que o jovem não gostava de parecer pobre em relação aos amigos. Alguns dos pedidos também comentavam sobre a necessidade de pagar dívidas. Ele sempre recebia o dinheiro solicitado.

1839: o pai de Dostoiévski morre em meio a rumores de assassinato. Os boatos foram desmentidos posteriormente, mas até hoje existem dúvidas entre alguns biógrafos. Conhece Ivan Chidlóvski, funcionário público, mas cujo verdadeiro amor era a literatura. Dostoiévski o tem como uma espécie de mestre nessa época e passa todo tempo livre que tem da Academia com ele. Chidlóvski é o primeiro a levar a sério e encorajar as aspirações literárias do jovem Fiódor.

1840-41: muito influenciado por figuras como Shakespeare, Dostoiévski começa a escrever peças de teatro. Além disso, ser autor de peças era, na época, o caminho mais rápido para o sucesso como escritor.

1841: seu irmão mais novo, Andrei, vai morar com ele por um ano em São Petersburgo e descobre que jogos de cartas ocorrem ocasionalmente na casa do irmão, mostrando que o vício em jogos de Fiódor veio desde cedo.

1842: Dostoiévski desiste de concluir suas peças.

1843: Dostoiévski se forma na Academia em agosto e vai trabalhar no departamento de recrutamento do Comando de Engenharia de São Petersburgo. Com mais tempo sobrando, resolve se dedicar a projetos de traduções.

1846: lança seu primeiro livro, *Gente Pobre*, que é imediatamente aclamado pelo público e pela crítica, incluindo Bielínski, um dos maiores críticos literários da época. Dostoiévski se torna famoso da noite para o dia. Publica *O Duplo*, livro que é uma de suas duas obras-primas menores e não é compreendido pela crítica da época, o próprio Bielínski, que amara o primeiro livro do autor, tece duras críticas acerca da nova publicação do autor.

1847: devido às suas dívidas, Dostoiévski começa a escrever folhetins para jornais, assim como vários jovens escritores proeminentes da época. Começa a comparecer às reuniões de círculos de intelectuais que discutem ideias revolucionárias, o que acabará resultando na sua condenação à morte pelo regime tzarista. Escreve *A Senhoria*, novela que, apesar do entusiasmo e esperanças do autor, não é bem-recebida e só vai ser compreendida no século XX.

1849: após algumas obras incompreendidas pela crítica, Dostoiévski entende que apenas um sucesso literário poderia barrar o declínio da sua popularidade, então se põe a escrever *Niétotchka Niezvânova*. A obra passa a ser publicada em fascículos na revista literária *Anais da Pátria*, mas, infelizmente, nunca é terminada, pois o autor vai preso.

1849 | abr.: Dostoiévski é preso na Fortaleza de Pedro e Paulo por participar de círculos intelectuais que emitiam opiniões contrárias ao regime tzarista.

1849 | jul.: os prisioneiros ganham permissão para receber livros e enviar cartas. Dostoiévski afunda-se na leitura e passa por condições inumanas na prisão. Escreve apenas uma obra em cativeiro, o conto *Um Pequeno Héroi*, que é entregue ao seu irmão, Mikhail.

1849: após investigações e interrogatórios na prisão, Dostoiévski é condenado à morte, mas, no momento da aplicação da sentença, sua pena é comutada para o exílio e o autor acaba enviado para a Sibéria sob regime de trabalho forçado por quatro anos. Após esse período, deve servir ao exército por tempo indeterminado.

1854 | dez.: Dostoiévski é liberado do trabalho forçado na Sibéria e encaminhado para servir como soldado raso no Exército russo. Ele sai da prisão determinado a voltar à carreira literária e solicita que Mikhail lhe envie vários livros. Ele vai servir na pequena cidade de Semiónovski, onde conhece Wrangel, jovem promotor público de família influente e fã de Dostoiévski. Wrangel se tornou grande amigo do escritor e um de seus patrocinadores mais poderosos. Em Semi-ónovski, Fiódor também virou um preceptor requisitado por ser um escritor conhecido e, assim, vira preceptor do filho da família Issáiev, cuja mãe, Maria Dmítrievna Issáieva, foi o primeiro amor do autor. Os dois desenvolvem uma relação afetiva.

1855: Ivánovitch Issáiev, marido de Maria Dmítrievna Issáieva, morre.

1857: Dostoiévski é promovido a oficial e recupera os direitos de nobre que havia perdido ao ser condenado ao exílio. Casa-se com Maria. Nesse momento, ela já está com tuberculose. Durante a lua de mel, ele sofre um violento ataque epilético, o que deixa claro para o autor a natureza dos problemas neurológicos que já suspeitava ter. O conto que escreveu na cadeia, *O Pequeno Herói*, é lançado na revista *Anais da Pátria* de forma anônima, pois Dostoiévski estava com medo de publicar logo após ser solto.

1859: publica *O Sonho do Titio*, um de seus dois contos siberianos. A história foi vendida previamente para uma revista literária mediante um adiantamento financeiro que o autor precisava. Por isso, teve que escrever o texto "obrigado" e descreve o processo de escrever algo que não quer como muito difícil e penoso.

1859: publica *A Aldeia de Stepántchikovo*, seu segundo conto siberiano. O conto foi também negociado previamente e escrito por obrigação, mas, em determinado ponto da escrita, Dostoiévski começa a gostar da história. Quando a publica, considera-a como sua melhor obra até então. Infelizmente, o conto passou despercebido pela crítica e pelo público. Volta, finalmente, para São Petersburgo.

1861: Dostoiévski e o irmão Mikhail fundam a revista literária *O Tempo*. O escritor se dedica tanto para fazer um volume de estreia impactante que, durante a revisão, um texto do poeta D. D. Mináiev é alterado a ponto de se tornar algo totalmente diferente e virar a obra: *Sonhos de Petersburgo em Verso e Prosa*. Outro trabalho de Fiódor que sai na revista é *Humilhados e Ofendidos*, cuja publicação ocorreu do primeiro ao sétimo volume da revista.

1861-62: publica *Recordações da Casa dos Mortos*, obra que mostra uma visão realista e humanizada da vida nos campos de trabalho forçado. Dostoiévski denuncia a brutalidade do sistema penal russo e revela a complexidade dos prisioneiros com quem conviveu.

1862: publica *Uma História Desagradável* na revista *O Tempo*. A obra traz à tona a forte estratificação da hierarquia social russa. Para fugir dos credores russos, Dostoiévski faz uma viagem pela Europa Ocidental e escreve suas impressões sobre os países que conhece. O resultado é *Notas de Inverno sobre Impressões de Verão*, última obra importante do autor na revista *O Tempo*. Durante a viagem, Dostoiévski aproveita para se consultar com médicos europeus sobre sua epilepsia.

1862-63: Apollinária Súslova e Dostoiévski se tornam amantes. A relação não transcorre bem, pois o autor se encontra esgotado por suas obrigações literárias e sofrendo com seus ataques epiléticos, que ocorrem em intervalos menores que o normal. Mesmo assim, Fiódor e Apollinária seguem trocando cartas por muito tempo.

1863 | maio: a revista *O Tempo* é censurada e sua publicação é proibida pelo governo.

1864 | abr.: Dostoiévski e o irmão, Mikhail, iniciam uma nova revista literária: *A Época*. O primeiro fascículo é uma edição dupla na qual Fiódor publica *Memórias do Subsolo*. Sua esposa, Maria Dmítrievna, morre de tuberculose, e Mikhail morre de uma doença no fígado. Dostoiévski fica arrasado pela morte do irmão. Ele assume, sozinho, todas as obrigações da revista *A Época*. A publicação exige muito dele, e o único texto que ele produz é *O Crocodilo*, um conto satírico inacabado.

1865: recebe a primeira carta da jovem Anna Kórvin-Kriukóvskaia, que havia publicado dois contos na revista *A Época*, mas sem assinar seu próprio nome devido ao pai conservador. O escritor acaba se apaixonando pela moça, ela o recusa, mas os dois mantêm uma relação amigável. Dostoiévski decide retornar à Europa, principalmente por desejar rever sua antiga amante, Apollinária Súslova, com quem ainda trocava cartas. Contudo, como de costume, encontrava-se cheio de dívidas e falido. Por isso, recorreu ao editor Stellóvski, conhecido por suas negociações agressivas, e fez um acordo perigoso: em troca de um adiantamento, Dostoiévkski lhe prometeu um livro até novembro do ano seguinte. Como garantia, o escritor ofereceu os direitos de *todas* as suas obras por dez anos. Infelizmente, não foi surpresa quando Fiódor perdeu todo o dinheiro jogando na Europa.

1866: publica *Crime e Castigo* na revista *O Mensageiro Russo*. Inicialmente, promete que a história, cujo esboço havia apresentado, seria um conto, mas acabou se tornando um romance e uma obra-prima da literatura mundial.

1866 | out.: conta a um amigo, Miliukov, sobre o acordo feito com Stellóvski e confessa que ainda não escreveu nada da obra prometida. Miliukov o aconselha a procurar os serviços de uma estenógrafa. Ele contrata Anna Grigórievna Snítkina, que seria sua segunda esposa, e, juntos, conseguem entregar *O Jogador* dentro do prazo prometido.

1867: a obra *O Jogador* é publicada. Após o casamento, para escapar dos credores do autor, Fiódor e Anna vão morar no exterior por um tempo, mas Dostoiévski, novamente, faz mais dívidas em jogos.

Anna se mostra paciente e compreensiva com o vício do marido, chegando até a penhorar sua aliança de casamento, vestidos e joias.

1868: publica os fascículos de *O Idiota* na revista *O Mensageiro Russo*. O autor passa por todo o processo de escrita, até o último fascículo, sem ter certeza sobre a finalização da obra, pois sua vida pessoal acumulava problemas: sua primeira filha, Sofia, nasce, mas morre logo em seguida; e a conduta de seu enteado, Pacha, é extremamente instável e preocupante. Além disso, a difícil condição financeira da família de seu falecido irmão, Mikhail, necessitava do suporte de Fiódor.

1869: nasce sua filha, Liubov, em setembro. O parto ocorre tranquilamente, apesar do medo de Anna, mas o bebê aumenta as despesas da família que já vivia na penúria. S. G. Nietcháiev, discípulo de Mikhail Bakunin e membro de um grupo radical, assassina o estudante russo I. I. Ivanov. O caso chocou a Rússia e serviu de inspiração para o romance *Os Demônios*.

1870: novamente pressionado por dívidas, Dostoiévski publica, na recém-fundada revista *Aurora*, a obra *O Eterno Marido*.

1871: Dostoiévski e a família retornam para São Petersburgo após quatro anos no exterior. Em julho, nasce o filho de Dostoiévski: Fiódor. Com a volta do autor para a Rússia, os credores voltam a cobrá-lo, então Anna decide assumir a negociação das dívidas imediatas do marido e consegue negociar para serem parceladas.

1872: publica *Os Demônios,* inspirado pelo assassinato de I. I. Ivanov. É a obra de Dostoiévski concebida com a intenção panfletária, mas, longe de ser apenas isso, o autor conseguiu criar uma obra-prima à altura de *Crime e Castigo* e *Os Irmãos Karamázov*.

1873: publica, anonimamente, *Bobók* no semanário *O Cidadão*. A obra serve como uma resposta às críticas que recebeu por *Os Demônios*.

1875: publica *O Adolescente*, uma de suas principais obras. Nasce seu terceiro filho, Aleksei.

1876 | nov.: publica *A Dócil* em *O Diário de um Escritor*.

1877| abr.: publica *O Sonho de um Homem Ridículo* em *O Diário de um Escritor*.

1878: seu filho de três anos, Aleksei, sofre uma crise epilética de mais de doze horas de duração e falece. Dostoiévski fica desolado, pois, além de amar muito o filho, o garoto morreu de uma doença que havia herdado do pai. O casal chega a se mudar por não suportar as memórias da criança no apartamento.

1879: publica o primeiro fascículo de uma de suas maiores obras: *Os Irmãos Karamázov*. Dostoiévski passará os últimos anos de sua vida publicando fascículos dessa obra, que foi recebida com grande empolgação e fez sucesso entre o público e a crítica.

1881 | 9 de fev.: Dostoiévski morre de hemorragia pulmonar em sua casa, em São Petersburgo, e uma multidão de mais ou menos trinta mil pessoas acompanha o seu enterro.

A Formação de um Gênio

Para desvendar a complexidade de Fiódor Dostoiévski, é fundamental explorar as origens de sua família e a profunda herança cultural que o moldou. Seus antecessores paternos pertenciam à nobreza de cristãos ortodoxos lituanos, com uma linhagem que remonta ao século XVI. Foi nesse período que uma pequena aldeia,

Dostoievo, hoje localizada na cidade de Pinsk, Bielorrússia, foi concedida a um de seus ancestrais, dando origem ao sobrenome da família: Dostoiévski.

Com o passar dos anos e suas adversidades, a outrora nobre família Dostoiévski decaiu financeira e socialmente, e passou a integrar uma classe humilde do clero secular. Assim, apesar da origem aristocrática da família, não houve muitas riquezas na criação do pai de Fiódor, Mikhail Andréievitch Dostoiévski. Ele só conseguiu ascender socialmente ao fugir de casa para tornar-se médico, em vez de seguir carreira na classe sacerdotal.

Exercendo uma profissão valorizada na Rússia, Mikhail, mesmo com a baixa remuneração de seu cargo, conseguiu casar-se com Maria Fiódorovna, filha de um rico comerciante. Essa fusão de heranças, nobre e religiosa, pode ser vista entre as temáticas que permeiam a obra do autor.

Após o casamento, Mikhail Dostoiévski, então com 32 anos, assumiu uma posição no Hospital Maríinsky para os Pobres em 1821. Seu esforço contínuo para ascender socialmente e sua dedicação à medicina foram recompensados em 1828, quando foi promovido a assessor colegiado, garantindo-lhe o tão desejado status de nobreza. Essa conquista possibilitou que ele comprasse a pequena propriedade rural de Daravóie, a pouco mais de 150 quilômetros de Moscou. A propriedade foi a materialização da ânsia do Dr. Dostoiévski em fazer parte de uma aristocracia rural, mesmo que a terra fosse pobre e que ele mal tivesse tempo de desfrutá-la devido às suas responsabilidades no hospital.

A dinâmica da família Dostoiévski era marcada pelo contraste entre a disciplina do pai rigoroso e a bondade da mãe, por quem Fiódor nutria grande afeto. Os pais formavam um casal devotado, mas demonstrações explícitas de afeto eram raras, ofuscadas pela constante preocupação com as aparências e pelas crises de ciúmes do pai. Esse ambiente repleto de emoções subentendidas e a necessidade de ler nas entrelinhas, provavelmente, foram cruciais para a profunda compreensão do autor acerca da psicologia humana, característica marcante de suas obras.

Em 1833, as vidas de Fiódor Dostoievski e de seu irmão Mikhail tomaram um novo rumo, com ambos passando a estudar fora de casa. A transição da segurança do lar para o ambiente escolar foi um golpe duro para Fiódor. A situação piorou consideravelmente em 1836, ano em que perdeu a mãe e em que seu pai o matriculou na Academia de Engenharia Militar, apesar do jovem Dostoiévski já desejar seguir carreira literária. Infelizmente, o autor só se viu livre para explorar o universo da literatura após a morte do pai em 1839.

Fortemente influenciado pelo romantismo metafísico, pelo romantismo social francês e por figuras como Gógol e Púchkin, Dostoiévski tentou, sem sucesso, iniciar sua carreira no mundo das letras como tradutor e, depois, como autor de peças de teatro. Foi só em 1846 que publicou sua primeira obra: *Gente Pobre*.

A Estreia

O caso de Dostoiévski é peculiar, pois, ao contrário de grandes artistas que morreram no anonimato e só foram devidamente reconhecidos com o tempo, ele já foi aclamado em sua primeira publicação.

Após ser finalizado, *Gente Pobre* chegou, através de amigos do autor, às mãos de Bielínski, crítico influente que comandou a revista *Anais da Pátria* e era admirado por Dostoiévski. Parte da empolgação do crítico acerca do manuscrito do livro se deve ao fato de que *Gente Pobre* fugia do estilo tradicional do romance russo, com o qual Bielínski já estava saturado. Então, em sua tentativa de criar um novo movimento literário, *Gente Pobre* se apresentou como o candidato perfeito, pois representava, pela primeira vez, as complexidades internas da classe baixa urbana russa. O entusiasmo pela obra foi tanto que, antes mesmo do livro ser publicado, em 1846, Dostoiévski já estava famoso na comunidade literária.

Gente Pobre inovou ao dar voz e centralidade às camadas mais baixas da sociedade russa, apresentando personagens que realmente pertenciam a elas. Diferentemente das obras da época, como as de Gógol, o romance não retrata o ponto de vista de personagens privilegiados sobre os humildes. Essa postura de deixar os marginalizados falarem por si eliminou o tom condescendente que os narradores frequentemente adotavam, passando a oferecer uma perspectiva autêntica e revolucionária.

Dostoiévski também merece o crédito pela ousadia de escrever essa história na forma de um romance epistolar (que é escrito através de cartas), técnica que era sempre associada a protagonistas cultos, nobres e exemplares. Dessa forma, ele alça o copista de meia-idade, Diévuchkin, e a jovem Varvára ao mesmo patamar que os outros heróis do romance epistolar sentimental.

Um último ponto crucial para entender *Gente Pobre* reside na evolução de seu protagonista, Diévuchkin. Embora inicialmente ele se mostre submisso e aceite seu lugar na sociedade sem questionamentos, essa postura muda com o decorrer da obra e o personagem passa a expressar indignação perante a indiferença dos mais abastados diante da miséria. O apelo de Dostoiévski é para os ricos, pois, assim como parte de seus contemporâneos, o autor acreditava que a solução para a miséria passava pela conscientização da elite, instigando-os a assumir responsabilidade pelos membros mais desamparados da sociedade.

Ilustração de Varvára Dobroselova por Petr Boklevskiy, datada de cerca de 1840.

Ilustração de Makar Diévuchkin por Petr Boklevskiy, datada de cerca de 1840.

A combinação de elementos como a inovação narrativa, a profunda imersão na psicologia humana e a crítica social perspicaz faz de *Gente Pobre* não apenas um clássico incontestável da literatura russa, mas também um excelente ponto de partida para quem deseja mergulhar nas obras de Dostoievski. É por meio dessa pequena e impactante obra que o leitor pode começar a compreender a genialidade e a relevância duradoura de um dos maiores escritores de todos os tempos.

Bibliografia

BIANCHI, F. O Domínio do Homem pelo Homem na Novela A Senhoria, de Dostoiévski. *2*(2), 35-54. *RUS - Revista de Literatura e Cultura Russa*. V. 2, pp. 35-54, 2013.

FRANK, JOSEPH. *Dostoiévski: Um Escritor em seu Tempo*. São Paulo, Companhia das Letras, 2018.

GOLIN, LUANA MARTINS. "O Mal e o Niilismo no Romance *Os demônios*, de Dostoiévski". In: *RUS - Revista de Literatura e Cultura Russa*. V. 12, pp. 114-135, 2021.

MARQUES, Priscila Nascimento. *O Dândi Vaidoso de Uma História Desagradável, de Dostoiévski: Aspectos Poéticos e Tradutórios*. Pós-doutoranda do programa de Literatura e Cultura Russa, da Faculdade de Filosofia, Letras e Ciências Humanas da Universidade de São Paulo (FFLCH-USP).

Retrato de Fiódor Dostoiévski por Vassily Perov, datado de 1879.

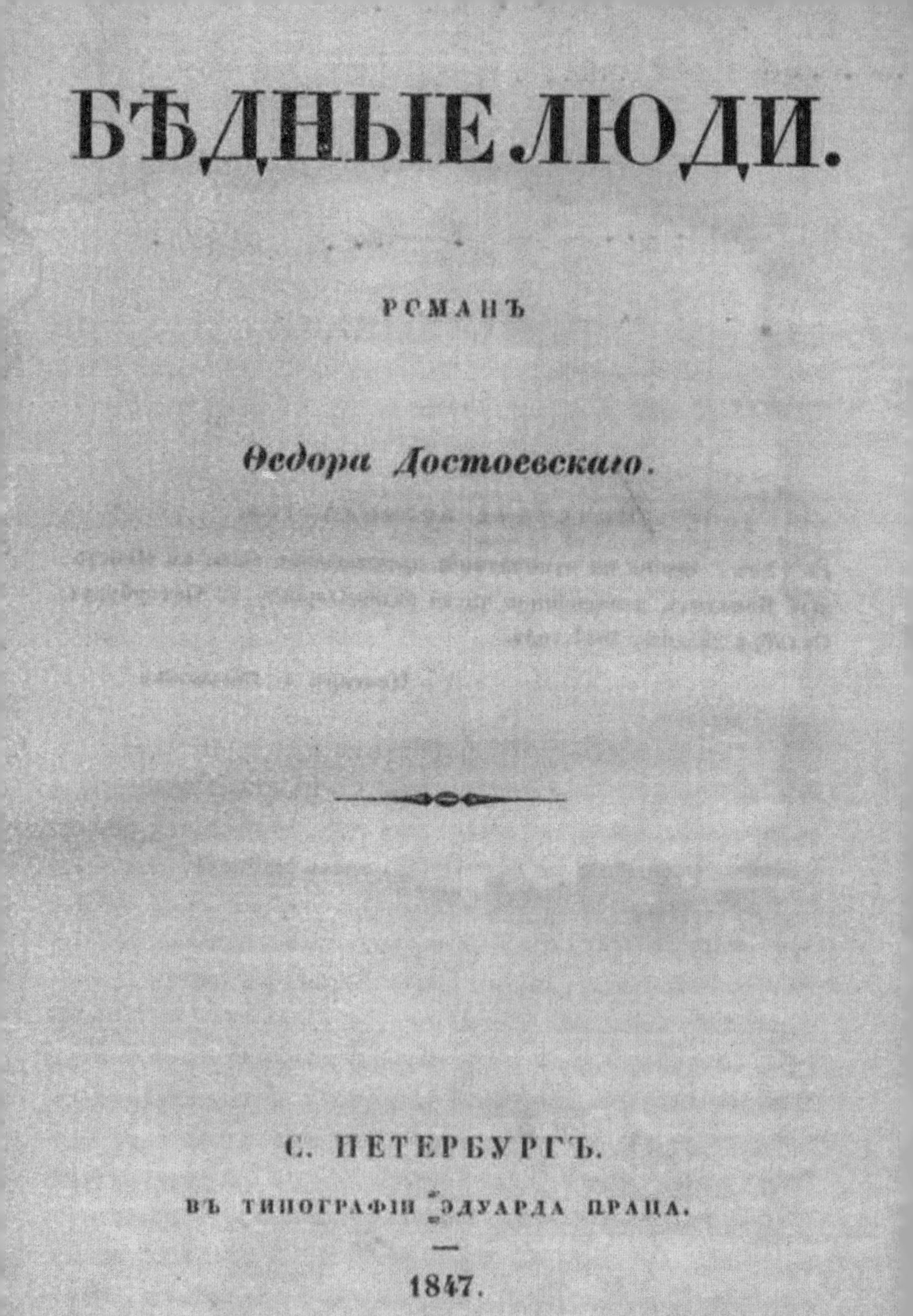

БѢДНЫЕ ЛЮДИ.

РОМАНЪ

Ѳедора Достоевскаго.

С. ПЕТЕРБУРГЪ.

ВЪ ТИПОГРАФІИ ЭДУАРДА ПРАЦА.

1847.

Folha de rosto da primeira edição de Gente Pobre, datado de 1847.

Ah, esses contadores de histórias! Em vez de escreverem algo útil, agradável, e encantador, acabam desenterrando um monte de segredos...! Eu realmente os proibiria de escrever! Veja como é: você lê... involuntariamente começa a pensar, e então todo tipo de besteira vem à mente; eu realmente os teria proibido de escrever, eu os teria proibido completamente.

Pr. V. F. Odoiévski

8 de abril

Minha queridíssima Varvára Alexeievna!

Como fiquei feliz ontem à noite, imensuravelmente, extremamente feliz! Isso porque, pela primeira vez em sua vida, sua teimosa, você se rendeu ao ponto de atender aos meus desejos. Por volta das oito horas, acordei do meu cochilo (você sabe, minha querida, gosto de sempre poder dormir por uma hora após terminar meu trabalho) — eu acordei, e, acendendo uma vela, separei meu papel para escrever e ajeitei minha caneta. Então, de repente, por alguma razão, levantei meus olhos, e senti meu coração disparar! Pois você tinha entendido o que eu queria, tinha compreendido pelo que meu coração ansiava. Sim, percebi que um pedacinho da cortina em sua janela havia sido levantado e preso à cornija, como eu tinha sugerido que fizesse; e pareceu-me que seu rostinho estava brilhando na janela, que você estava olhando para mim de dentro da escuridão do seu quartinho, e que estava pensando em mim. No entanto, como me senti irritado por não poder distinguir claramente seu lindo rosto! Pois houve um tempo em que você e eu podíamos nos ver sem nenhuma dificuldade. Ah, mas a velhice nem sempre é uma bênção, minha querida! Neste exato momento, tudo está turvo aos meus olhos, pois um homem só precisa trabalhar até tarde da noite escrevendo alguma coisa para que, pela manhã, seus olhos estejam vermelhos, e lacrimejem de tal maneira que ele acabe ficando envergonhado ao ser visto por estranhos. No entanto, eu consegui imaginar seu sorriso radiante, meu anjinho — seu sorriso gentil e brilhante; e no meu coração senti exatamente o mesmo de quando a beijei pela primeira vez, minha pequena Varenka. Você se lembra disso, meu anjinho? No entanto, de alguma forma, parecia estar apontando o seu dedinho para mim. Foi isso mesmo, sua atrevidinha? Você certamente escreverá sobre tudo isso com mais detalhes em sua próxima carta.

Mas o que achou do plano da cortina, Varenka? É encantador, não é? Não importa se estou trabalhando, prestes a me deitar ou se acabei de acordar, ele me permite saber que você está pensando em mim e se lembrando de mim, que está bem e feliz. Então, quando você abaixa a cortina, significa que é hora de eu, Makar Alexievitch, ir para a cama; e quando você a levanta novamente, significa que está me dizendo "Bom dia!", perguntando como estou e se dormi bem. "Quanto a mim, estou muito bem de saúde e feliz, graças a Deus!" Consegue ver, minha querida, como foi fácil bolar esse plano, e o quanto ele nos economizará em cartas? É inteligente, não é? E foi minha própria invenção, também! Não sou astuto nessas questões, Varvára Alexeievna?

Relatório meu para você, minha querida Varvára Alexeievna: na noite passada eu dormi melhor e mais profundamente do que o esperado, e fiquei ainda mais surpreso com isso, pois, como sabe, eu tinha acabado de me mudar para um novo alojamento — uma circunstância que muitas vezes impede um bom sono!

Esta manhã, também, levantei-me (alegre e cheio de amor) ao cantar do galo. Que lindo dia hoje, minha pequena! Quando abri minha janela, pude ver o sol brilhando, ouvir os pássaros cantando e sentir o ar carregado com aromas da primavera. Enfim, toda a natureza estava despertando novamente. Tudo estava em consonância com meu humor; tudo parecia bem e primaveril. Até tive um sonho bastante agradável hoje, e todos os meus sonhos são com você, Varenka. Comparei a senhorita a um pássaro no céu, criado para a alegria das pessoas e para enfeitar a natureza. Imediatamente pensei, Varenka, que nós, mortais a viver em dor e tristeza, poderíamos com razão invejar a felicidade despreocupada e inocente dos pássaros, que voam no céu sem conhecer nenhum dos dois! E meus outros pensamentos eram semelhantes a esses. Em resumo, entreguei-me a comparações fantásticas. Tenho um livrinho que diz a mesma coisa de várias maneiras. Escrevo assim porque existem sonhos diferentes, minha querida. Mas agora é primavera, e os pensamentos se tornam uniformemente agradáveis, nítidos e espirituosos, pelo motivo de que, nessa estação, a mente se volta facilmente para a ternura, e o mundo adquire um tom mais rosado. Desse meu livrinho, escolhi a seguinte passagem e a escrevi para que você, veja. Em particular, o autor expressa um anseio semelhante ao meu quando escreve:

"Por que não sou uma ave, uma ave de rapina?"

E ele escreveu muito mais, Deus o abençoe!

Mas diga-me, Varvára Alexeievna, aonde foi passear esta manhã? Mesmo antes de eu partir rumo ao escritório, você já havia saído do seu quarto e passado pelo pátio — sim, parecendo um passarinho primaveril, saiu de seu quarto e caminhou alegre pelo quintal. Que êxtase foi poder vê-la! Ah, Varenka, Varenka, você nunca deve se entregar à tristeza, pois as lágrimas não podem ajudar na dor. Eu sei disso muito bem, minha querida, sei por minha própria experiência. Então, descanse tranquilamente até que recupere um pouco da sua saúde. Mas como está nossa estimada Fedora? Que coração bondoso ela tem! Escreva-me, Varenka; como estão, morando aí agora? Estão felizes com tudo? É verdade, você diz que ela tende a ser rabugenta, mas não se importe com isso, Varenka. Deus a abençoe, pois ela é uma alma excelente!

Já escrevi aqui sobre Teresa, ela também é uma mulher gentil e leal. E como eu estava preocupado com as nossas cartas! Como seriam enviadas? Foi assim que o Senhor enviou Teresa para a nossa alegria. Ela é meiga e calada; mas nossa senhoria é simplesmente implacável. Desgasta a mulher com trabalho como se fosse um pano de chão.

Bem, mas veja em que tipo de espelunca eu vim parar, Varvára Alexeievna! Que tipo de lugar acha que é este? Anteriormente, como você sabe, eu vivia em absoluta tranquilidade — tanto que se uma mosca batesse asas, poderia claramente ser ouvida zumbindo. Aqui, no entanto, tudo é tumulto, gritaria e barulho. Mas você ainda não sabe como tudo funciona por aqui. Imagine um longo corredor, completamente escuro e sujo. À direita, há uma parede branca, e à esquerda uma fileira de portas que se estende até o final da sequência de quartos. Esses quartos são habitados por diferentes pessoas — por uma, duas ou três, conforme o caso, mas nessa disposição não há nenhum tipo de ordem, e o lugar é uma verdadeira Arca de Noé!

Porém, parece que a maioria dos inquilinos é respeitável, educada e até mesmo com alguma instrução. Em particular, há um funcionário público (que trabalha no segmento literário em algum departamento governamental), tão erudito que pode falar sobre Homero ou Brambeus[1], e vários outros escritores; fala de tudo: um homem inteligente! Também há dois oficiais que estão sempre jogando cartas, um aspirante a oficial e um tutor de língua inglesa. Mas, para diverti-la, minha queridinha, deixe-me descrever essas pessoas mais minuciosamente em minha próxima carta, e contar em detalhes sobre suas vidas. Quanto à nossa senhoria, ela é uma velhinha imunda que sempre anda de roupão e chinelos, e nunca para de gritar com Teresa. Eu mesmo moro na "cozinha", ou, seria muito mais correto dizer, em um pequeno cômodo que faz parte da cozinha (e note, é uma cozinha bem iluminada e limpa). O cômodo é pequeno, um cantinho modesto... Isto é, melhor dizendo, a cozinha é grande com três janelas, e uma parede divisória, saindo da parede frontal, forma uma espécie de pequeno refúgio, uma espécie de quarto extra para mim. Tudo neste esconderijo é confortável e conveniente, e eu tenho, como disse, uma janela para mim mesmo. Bem, assim é o meu cantinho. Não pense, meu benzinho, que em tudo isso há alguma intenção oculta. O fato de eu morar na cozinha apenas significa que moro atrás da parede divisória neste cômodo — que vivo bastante sozinho e passo meu tempo de uma maneira tranquila, separado de todos. Quanto

---

1 Pseudônimo do escritor, tradutor e crítico literário russo Osip Ivanovich Senkovsky (1800–1858). (N. do R.)

à mobília, providenciei para mim uma cama, uma mesa, uma cômoda e duas cadeiras pequenas. Também pendurei uma imagem[2]. É verdade, podem existir quartos melhores no mundo do que este — muito melhores; no entanto, o conforto é a prioridade. Na verdade, fiz todos os meus arranjos em nome do conforto; então, não pense nem por um momento que minhas motivações foram outras. E, como sua janela fica bem em frente à minha, e como o pátio entre nós é estreito e posso vê-la passar — bem, o resultado é que este miserável será capaz de viver de modo bem mais feliz e com menos despesas. O quarto mais caro nesta casa custa, com pensão, trinta e cinco rublos[3] — mais do que minha carteira poderia suportar; enquanto meu quarto custa apenas vinte e quatro, embora antes eu pagasse trinta e assim tinha que me privar de muitas coisas (eu raramente podia tomar chá, e agora passei a economizar para conseguir chá e açúcar). Mas, de alguma forma, não gosto de ficar sem chá, pois todos aqui têm recursos, e isso me envergonha. Afinal, bebe-se chá em grande parte para agradar aos outros, Varenka, e para dar um bom-tom ou uma aparência de gentileza (embora, de minha parte, eu pouco me importe com essas coisas, pois não sou um homem de frescuras). No entanto, você acha que, quando todas as necessidades — minhas botas e o restante — forem pagas, restará muito? No entanto, não devo reclamar do meu salário, estou bastante satisfeito com ele; é suficiente. Tem me bastado por alguns anos, e, além disso, recebo certas gratificações.

Adeus, meu anjinho. Comprei para você dois pequenos vasos de balsamina e gerânio — não custaram caro — como um presente. Talvez também queira alguns miosótis? Terá miosótis, apenas precisa me escrever para me informar de tudo em detalhes. Além disso, não interprete mal o fato de eu ter alugado este quarto, minha querida. A conveniência e nada mais me fez fazer isso. O aconchego do lugar me cativou. Afinal, também poderei economizar dinheiro aqui e guardá-lo para o futuro. Já economizei um dinheirinho aqui comigo. E você não deve me desprezar

2 Refere-se a uma imagem religiosa. (N. do R.)

3 Um funcionário público ou servidor de baixa patente, como Makar Diévuchkin (o protagonista do romance), poderia ganhar algo em torno de 30 a 50 rublos por mês. (N. do R.)

por eu ser um velho tão insignificante que uma mosca poderia derrubar com o bater de suas asas. Não, meu anjinho, eu não sou um aventureiro; mas talvez em mim ainda resida o espírito que deveria pertencer a todo homem que é, ao mesmo tempo, resignado e seguro de si. Então, adeus novamente, meu anjinho. Agora preenchi quase duas folhas inteiras de papel de carta, embora há muito tempo devesse estar a caminho do escritório. Beijo suas mãozinhas, minha querida, e permaneço sempre seu devoto servo, seu fiel amigo,

Makar Diévuchkin.

P.S. — Uma coisa eu lhe peço acima de tudo: responda-me, meu anjinho, com o máximo de detalhes possível. Com a carta, envio-lhe meio quilo de doces. Coma-os pela sua saúde, e, pelo amor de Deus, não se preocupe comigo. Mais uma vez, minha querida, adeus.

8 de abril

Prezado senhor Makar Alexievitch!

Sabe que agora precisarei discutir com o senhor, não é? Juro, meu bondoso Makar Alexievitch, que ainda é difícil para mim aceitar os seus presentes, pois sei o quanto eles devem ter lhe custado, e sei a que privações e abnegações eles devem ter levado. Quantas vezes eu já não disse que não preciso de nada, absolutamente nada, assim como nunca estarei em condições de recompensá-lo por todos os atos gentis com os quais me agraciou até agora? Por que, por exemplo, enviou-me gerânios? Um pequeno ramo de bálsamo não teria importado tanto, mas gerânios! Basta eu soltar *uma* palavra descuidada — por exemplo, sobre gerânios — e o senhor imediatamente me compra alguns! Não são caros? Mas que encanto eles têm, com suas pétalas flamejantes! Onde conseguiu tais belas plantas? Coloquei-as na minha janela, no lugar mais visível possível, enquanto no chão coloquei um banco para as minhas outras flores (já que você é gentil o suficiente para me enriquecer com tais presentes). Fedora não poderia estar mais feliz; é como o paraíso em nosso quarto agora, tão limpo e iluminado! Mas por que também me enviou os doces? Sua carta me diz que algo especial deve estar acontecendo, pois encontro nela tanto sobre o paraíso, a primavera, os doces aromas e o canto dos pássaros... "O que é isso", pensei, quando a recebi, "será uma tentativa de poesia?" De fato, poesias são as únicas coisas que faltam em sua carta, Makar Alexievitch! E que sentimentos ternos eu posso ler nela — as fantasias cor-de-rosa! Quanto à cortina, porém, não foi de propósito. Ela provavelmente ficou presa quando movi os vasos de flores. Agora o senhor sabe!

Ah, Makar Alexievitch! Não importa o que diga, não importa como calcule sua renda para provar que todos os seus gastos vão inteiramente para si: não conseguirá me enganar. Eu sei que é por minha causa que o senhor nega a si mesmo o necessário. Por exemplo, o senhor meteu na cabeça de escolher o quarto que escolheu, onde será aborrecido e perturbado, e onde não tem espaço nem conforto — o senhor, que ama a solidão e nunca gosta de ter gente por perto? Pelo seu salário, eu diria que bem poderia viver com mais conforto do que isso. Além disso, Fedora me diz que suas circunstâncias financeiras já foram muito mais prósperas do que são atualmente. Deseja, então, me convencer de que toda a sua existência foi passada em solidão, privação e tristeza, sem nunca uma palavra amiga para ajudá-lo, nem um lugar no canto da lareira de um amigo? Ah, querido companheiro, como meu coração dói pelo senhor! Mas não sobrecarregue sua saúde, Makar Alexievitch! Por exemplo, o senhor diz que seus olhos estão fracos demais para continuar escrevendo no escritório à luz de velas. Então, por que fazer isso? Tenho certeza de que seus superiores não precisam ser convencidos de sua diligência!

Mais uma vez eu imploro que não gaste tanto dinheiro comigo. Sei o quanto me ama, mas também sei que não é rico... Esta manhã eu também me levantei de bom humor. Fedora já estava trabalhando há muito tempo e me arranjou um trabalho. De fato, eu estava ansiosa por isso, então saí para comprar algumas sedas e depois me sentei para trabalhar. Passei toda a manhã leve e alegre. No entanto, agora meus pensamentos estão novamente sombrios e tristes; mais uma vez meu coração está prestes a se partir.

Ah, o que será de mim? Qual será o meu destino? Estar tão incerta quanto ao futuro, não poder prever o que vai acontecer, me aflige profundamente. Até olhar para o passado é horrível, pois ele contém tristezas que apertam meu coração só de pensar. Sim, eu poderia passar um século inteiro chorando por causa das pessoas más que arruinaram minha vida!

Mas o crepúsculo se aproxima, e eu preciso voltar ao trabalho. Gostaria de ter escrito mais, mas não tenho tempo e devo me apressar. Claro, escrever esta carta já é prazeroso o suficiente, e nunca poderia ser cansativo; mas por que o senhor não vem me ver pessoalmente? Por que não, Makar Alexievitch? O senhor mora tão perto de mim, e pelo menos parte do seu tempo é livre. Eu lhe peço, venha. Acabei de ver sua Teresa. Ela parecia tão doente, e eu senti tanta pena dela que dei a ela vinte copeques[4]. Ah! Quase me esqueci: não deixe de escrever tudo, com o máximo de detalhes possível, sobre a sua vida. Com que tipo de pessoas convive e como se dá com elas? Eu gostaria tanto de saber! Sim, o senhor deve escrever novamente. Esta noite eu prendi a cortina propositalmente. Vá para a cama cedo, pois, ontem à noite, vi sua vela acesa até quase meia-noite. Adeus! Agora estou me sentindo triste e cansada. Ah, em pensar que eu terei mais dias como este. Novamente, adeus.

Sua,

Varvára Dobroselova.

8 de abril

Prezada senhorita Varvára Alexeievna!

Sim, sim, minha querida, você sabe, um dia assim acabou sendo muito miserável para mim! Ah, você estava brincando comigo, um velho, Varenka

4 Durante o período em que Dostoiévski escreveu *Gente Pobre* (1846), a economia russa usava o rublo como a principal unidade monetária, dividido em 100 copeques. (N. do R.)

Alexeievna! No entanto, foi minha culpa, totalmente minha culpa. Não se deve, depois de velho, apenas com um tufo de cabelos, meter-se em romances e equívocos. E vou lhe dizer uma coisa, minha queridinha: às vezes, o homem pode ser maravilhoso, extremamente maravilhoso. E — por todos os santos — ele falará em fazer coisas, mas deixará de fazê-las e parecerá um tolo; que o Senhor nos ajude...! Eu, minha querida, não estou irritado; mas me chateia lembrar; estou chateado de pensar que devo ter escrito para você de forma tão estúpida e florida. Hoje fui todo elegante e saltitante para o escritório, pois meu coração estava sob sua influência, e minha alma estava em festa, por assim dizer. Sim, tudo parecia estar indo bem para mim. Então, me dediquei ao trabalho. Mas com que resultado? Eu olhava ao redor para os velhos objetos familiares, cinzentos e sombrios. Eles pareciam exatamente os mesmos de antes. No entanto, eram aquelas as mesmas manchas de tinta, as mesmas mesas e cadeiras que eu havia conhecido até então? Sim, eram as mesmas, exatamente as mesmas; então por que havia a necessidade de cavalgar nas costas de Pégaso? De onde isso surgiu? Só porque o sol brilhou sobre mim e tornou o céu azul? Foi isso? E que doces fragrâncias são essas, quando no nosso pátio, debaixo da janela, poderia acontecer de tudo, menos isso? Isso tudo deve vir da minha tola fantasia, pois acontece de um homem se perder nos próprios sentimentos e acabar falando bobagem. Isso só acontece por causa desse coração tolo, fervoroso e por demais impulsivo. Voltei para casa do escritório ao anoitecer, meus pés pareciam arrastar-se, e, sem mais nem menos, minha cabeça começou a doer. Além disso, um vento frio parecia estar soprando pelas minhas costas (encantado com a primavera, eu havia saído apenas vestindo um sobretudo fino). Contudo, você entendeu mal meus sentimentos, minha querida! Eles são completamente diferentes do que você supõe. É um sentimento puramente paternal o que tenho por você, Varvára Alexeievna; pois assumo o lugar de pai, devido à sua orfandade amarga. Digo isso com toda sinceridade e com um único propósito, como qualquer parente faria. Afinal, sou um parente distante seu — a sétima água do kissel[5], como diz o provérbio — ainda assim um parente, e atual-

---

5 O provérbio russo que pode ser traduzido como "a sétima água do kissel" ou "a sétima água após o kissel" tem origem na tradicional sobremesa eslava (kissel), que consiste em um suco de frutas

mente seu parente e protetor mais próximo, visto que, onde você tinha o direito de esperar por ajuda e proteção, encontrou apenas traição e insultos. Quanto à poesia, posso dizer que considero inadequado para um homem de minha idade dedicar suas faculdades mentais à criação de versos. Poesia é lixo. Até mesmo meninos na escola deveriam ser açoitados por escrevê-la.

Por que escreve assim sobre "conveniência" e "paz"? Não sou um homem exigente, nem necessito de muito. Nunca em minha vida estive tão confortável quanto agora. Então, por que eu deveria reclamar na minha velhice? Tenho o suficiente para comer, estou bem-vestido e calçado. Além disso, tenho minhas diversões. Veja, não sou de sangue nobre. Meu pai mesmo não era um cavalheiro; ele e sua família viviam de forma ainda mais simples do que eu. Nem sou um indivíduo sem energia. No entanto, para falar francamente, não gosto tanto da minha atual residência quanto gostava da antiga. De alguma forma, a última parecia mais aconchegante, minha querida. Claro, este quarto é bom o suficiente; de fato, em alguns aspectos, é o mais alegre e interessante entre os dois. Não tenho nada contra ele, não. Todavia, sinto falta do quarto que costumava ser tão familiar para mim. Velhos inquilinos como eu logo nos apegamos aos nossos bens como a um parente. Meu antigo quarto era um lugar tão aconchegante! Verdade, suas paredes se assemelhavam às de qualquer outro quarto — mas não estou falando disso; o ponto é que a lembrança delas parece assombrar minha mente com tristeza. Curioso que as lembranças sejam tão tristes! Mesmo o que costumava me irritar naquele quarto agora vejo sob uma luz purificada, figurado em minha imaginação como algo desejável. Vivíamos ali tão tranquilamente — eu e uma velha senhoria, agora falecida. Como meu coração dói ao me lembrar dela, pois era uma mulher boa e nunca cobrava demais pelos quartos. Todo o seu tempo era gasto fazendo colchas de retalhos com agulhas de tricô que tinham um *archin*[6] de comprimento. Muitas vezes

engrossado com amido. Dizer tal frase remete à imagem de alguém que "lava" o recipiente onde havia a sobremesa, sendo que, ao passar água pela sétima vez, há pouco resquício ou nenhum dos ingredientes originais. Trata-se de um provérbio comum, semelhante ao que temos em português ao dizer "primo de quinquagésimo grau". (N. do R.)

6 Antiga unidade de medida russa, equivalente a 71 cm. (N. do T.)

compartilhávamos a mesma vela e a mesma mesa. Além disso, ela tinha uma neta, Masha — uma menina que então era apenas um bebê, mas agora deve ter uns treze anos. Ela era uma garotinha tão brincalhona que nos fazia rir o dia todo! Vivíamos juntos, uma família feliz de três. Muitas vezes, em uma longa noite de inverno, primeiro tomávamos chá na grande mesa redonda e depois nos dedicávamos ao nosso trabalho; enquanto isso, para entreter a criança e mantê-la longe de travessuras, a velha senhoria se punha a contar histórias. Que histórias eram! Embora histórias menos adequadas para uma criança do que para uma pessoa adulta e educada. Juro! Eu mesmo me sentava, ouvindo-as, enquanto fumava meu cachimbo, até esquecer completamente do trabalho. E então, conforme a história ficava mais sombria, a pequena criança, nossa atrevidinha, ficava pensativa na mesma proporção, pressionava as bochechas rosadas com suas mãozinhas e sua linda boquinha se abria, e, como era uma história assustadora, escondia seu rosto e abraçava a velha senhoria. Ah, como eu amava presenciar tais momentos! Enquanto a observávamos, não percebíamos como a vela estava tremulando, ou como a tempestade arrastava a neve pelo pátio. Sim, essa era uma boa vida, minha Varenka, e nós a vivemos por quase vinte anos... Como estou falando demais! Talvez o assunto não lhe interesse, e eu mesmo o acho doloroso de recordar — especialmente no momento atual. A escuridão está caindo, e Teresa está ocupada com alguma coisa ou outra. Minha cabeça e minhas costas doem, e até mesmo meus pensamentos parecem pungentes, tão estranhamente eles surgem. Sim, meu coração está triste hoje, Varenka... O que foi que você me escreveu? — "Por que você não vem pessoalmente me ver?" Minha cara, o que as pessoas diriam? Eu apenas precisaria atravessar o pátio para que começassem a nos notar e fazer perguntas. Surgiriam fofocas e escândalos, e uma interpretação completamente diferente da real seria atribuída ao caso. Não, meu anjinho, seria melhor que eu a visse amanhã na vigília. Esse é o melhor plano, menos prejudicial para nós dois. E você não deve me repreender, minha querida, porque escrevi uma carta como esta (lendo-a, vejo que é toda feita de retalhos); pois agora sou um homem velho, querida Varenka, e um homem sem educação. Pouco aprendi em minha juventude, e as coisas custam a se fixar em meu cérebro quando tento aprendê-las de novo. Confesso, querida, não sou habilidoso em escrever cartas e, sem que ninguém me diga isso, ou ria de mim por isso, sei que, sempre que tento descrever algo com mais clareza, caio no erro de falar puras bobagens...

Eu a vi em sua janela hoje — sim, eu a vi enquanto abaixava sua persiana! Adeus, adeus, pequena Varenka, e que Deus a proteja! Adeus, minha Varvára Alexeievna!

Seu sincero amigo,

Makar Diévuchkin.

P.S.: Não pense que eu lhe escreveria em um tom satírico, pois sou velho demais, minha querida, Varvára Alexeievna, para mostrar os dentes sem um propósito, e as pessoas ririam de mim, citando nosso provérbio russo: "Quem cava um buraco para outro, cairá nele ele mesmo".

9 de abril

Prezado senhor Makar Alexievitch!

Não está, meu amigo e benfeitor, um pouco envergonhado de se lamentar e ceder a tal desânimo? E certamente não está ofendido comigo? Ah! Embora muitas vezes seja imprudente em minhas palavras, nunca imaginei que o senhor as tomaria como uma piada cruel. Tenha certeza de que nunca zombaria de sua idade ou de seu caráter. Apenas minha própria leviandade é culpada; ainda mais, o fato de que estou tão entediada da vida. E o que tal sentimento não é capaz de gerar? Para dizer a verdade, eu supus que o senhor estava brincando em sua carta; por isso, meu coração estava pesado com o pensamento de que poderia estar tão descontente comigo. Não, meu bom amigo e benfeitor, estaria sendo injusto comigo se por um único momento suspeitasse que me falta sentimento ou gratidão para com o senhor. Meu coração, acredite, é capaz de avaliar em seu verdadeiro valor tudo o que fez por mim ao me proteger de meus inimigos, de seu ódio e perseguição. Nunca deixarei de orar a Deus pelo senhor; e, se minhas orações algum dia O alcançarem e forem recebidas pelo céu, então certamente a sorte lhe sorrirá!

Sinto-me muito mal hoje. Por vezes tremo e sinto ondas de calor, e Fedora está muito preocupada comigo... Não hesite em vir me ver, Makar Alexievitch. O que os outros têm a ver com o que o senhor faz? Nós nos conhecemos bem, e ponto final! Adeus, Makar Alexievitch, pois cheguei ao fim de tudo que tinha a dizer, e estou me sentindo doente demais para escrever além disso. Novamente, peço que não fique zangado comigo, mas tenha certeza de meu constante respeito e carinho.

Sua humilde e fiel serva,

Varvára Dobroselova.

12 de abril

Prezada senhorita Varvára Alexeievna!

Peço-lhe, minha querida, que me diga o que a aflige. Afinal, cada uma de suas cartas me deixa alarmado. Por outro lado, em cada carta eu lhe peço que tenha mais cuidado consigo mesma, que se agasalhe bem, que evite sair em mau tempo e que seja prudente em todas as coisas. No entanto, você vai e me desobedece! Ah, meu anjinho, você parece uma criança! Eu sei bem que você é frágil como uma flor. Apenas com um pouco de brisa já fica doente. Por isso precisa ter cuidado; deve cuidar melhor de si mesma; deve evitar todos os riscos, para não mergulhar seus amigos em desolação e desespero.

Minha querida, você também expressou o desejo de saber os detalhes da minha vida diária e de tudo ao meu redor. Esse desejo eu me apresso em satisfazer. Deixe-me começar pelo início, minha flor, pois, ao fazer isso, explicarei as coisas mais sistematicamente. Em primeiro lugar, ao entrar nesta casa, passa-se por um *hall* muito simples e depois por um corredor até uma escada modesta. A "recepção", no entanto, é iluminada, limpa e espaçosa, revestida de mogno e trabalhos em metal. Mas a despensa você não gostaria de ver; é gordurosa, suja e malcheirosa, enquanto as escadas estão caindo aos pedaços e as paredes tão cobertas de sujeira que a mão gruda onde quer que a toquemos. Também, em cada andar, há um amontoado de baús, cadeiras e guarda-roupas quebrados; enquanto as janelas tiveram a maioria de seus vidros quebrados, e por toda parte se vê bacias cheias de sujeira, lixo, cascas de ovo e bexigas de peixe. O cheiro é abominável. Em resumo, a casa não é agradável.

Quanto à disposição dos quartos, já descrevi para você. É verdade, eles são convenientes o suficiente, mas de alguma forma é abafado dentro deles. Não quero dizer que cheiram mal, mas cada um parece conter algo que emana um odor doce e nauseante. A princípio, a impressão é desagradável, mas alguns minutos bastam para dissipá-la, pois você mesma vai cheirar mal — e seu vestido vai cheirar, suas mãos, tudo — e acostuma-se com o fedor. Canários, no entanto, logo morrem nesta casa. Um aspirante a oficial aqui comprou recentemente o seu quinto. Pássaros não podem viver muito tempo em tal ar. Nossa cozinha é grande, espaçosa e iluminada. É verdade que, todas as manhãs, quando fritam peixe ou carne, ela fica toda encharcada, mas à noite é o paraíso. A cozinha sempre fica cheia de roupas velhas para secar, penduradas em cordas; e como meu quarto é adjacente, o cheiro das roupas me causa um pouco de incômodo. No entanto, pode-se acostumar a qualquer coisa.

Desde muito cedo, Varenka, a casa fica agitada enquanto seus ocupantes se levantam, caminham e batem os pés. Ou seja, todos que precisam ir trabalhar ou acordam por si mesmos. Primeiro de tudo, toma-se chá. A maioria dos samovares pertence à nossa senhoria; e como não há muitos, temos que esperar nossa vez na fila. Quem fura a fila leva uma bronca. Na primeira vez, foi isso que aconteceu comigo. Bem, por que contar isso? Foi aí que fiz amizade com as pessoas daqui. O aspirante a oficial me contou tudo sobre seu pai, sua mãe, sua irmã (que é casada com um advogado de Tula[7]) e a cidade de Kronstadt[8]. Ele também prometeu me proteger e me convidou para tomar chá com ele. Fui encontrá-lo em um quarto onde costumam jogar cartas; e, depois de finalizado o chá, tentaram me induzir a jogar. Se zombavam de mim ou não, não sei dizer. Só sei que eles passaram a noite inteira jogando, sendo que quando cheguei já estavam lá. A poeira e a fumaça no quarto faziam meus olhos arderem. Recusei-me, como disse, a jogar cartas, e então disseram que eu era um filósofo, após o que ninguém mais falou comigo — um resultado que não lamentei. De fato, não tenho intenção de voltar lá; é jogo demais, um vício! Até mesmo o servidor da área literária faz tais reuniões noturnas — embora, em seu caso, tudo seja feito modestamente e com certo refinamento, de modo recatado.

A propósito, Varenka, posso lhe dizer que nossa senhoria não é uma mulher agradável. De fato, ela é uma verdadeira bruxa. Você viu Teresa uma vez; então, o que acha dela? Ela é magra como uma galinha depenada, doentia. Na casa, só vivem duas pessoas: Teresa e Faldoni, seu empregado. Se Faldoni tem outro nome, não sei, mas pelo menos ele responde a esse, e todos o chamam assim. Um sujeito ruivo, meio feio, narigudo, torto, que está sempre brigando com Teresa, até os dois quase se agredirem. Em resumo, a vida não é muito agradável neste lugar. Nunca acontece de todos estarem adormecidos ao mesmo tempo à noite e a casa ficar calma. Eles estão sempre acordados para jogar cartas, e, às vezes, também, certas coisas acontecem das quais seria vergonhoso falar. Em particular, embora eu seja resistente, me espanta que pessoas queiram viver nesta Sodoma com suas famílias. Por exemplo, há uma família inteira de pobres que alugou um quarto da senhoria; um que não fica junto aos outros, mas é separado num canto. No entanto, que pessoas quietas eles são! Não se ouve *um* som deles. O pai — ele é chamado Gorshkov — é um ex-servidor de cabelos grisalhos que, há sete anos, foi demitido do serviço público e agora anda com um casaco tão engordurado e esfarra-

7 Cidade ao sul de Moscou. (N. do T.)

8 Cidade próxima a São Petersburgo. (N. do T.)

pado que dói vê-lo. De fato, é um casaco ainda pior do que o meu! É um homem tão magro e frágil (às vezes noz cruzamos no corredor) que seus joelhos tremem, suas mãos e cabeça tremem, provavelmente devido a alguma doença (só Deus sabe qual!), e ele tem tanto medo e desconfiança de todos que sempre anda sozinho. Reservado como eu mesmo sou, ele é ainda pior. Quanto à sua família, consiste em uma esposa e três filhos. O mais velho dos filhos, um menino, é tão frágil quanto o pai, enquanto a mãe — uma mulher que, outrora, deve ter sido bonita, e ainda tem um aspecto belo apesar de sua palidez — anda com os trapos mais lamentáveis. Também ouvi dizer que eles estão em dívida com nossa senhoria, e que ela não é muito gentil com eles. Além disso, ouvi dizer que Gorshkov perdeu seu cargo de forma desagradável — através de um processo ou uma investigação da qual não poderia exatamente lhe dizer a natureza. Sim, eles certamente são pobres — ah, meu Deus, como são pobres! Ao mesmo tempo, nunca se ouve nada vindo do quarto deles. É como se não houvesse nenhuma alma vivendo ali. Nunca se ouve nem mesmo as crianças — o que é uma coisa incomum, visto que crianças estão sempre prontas para brincar e se divertir, e se não o fazem é um mau sinal. Uma noite, quando por acaso estava passando pela porta do quarto deles, e tudo estava quieto na casa, ouvi um soluço, e então um sussurro, e então outro soluço, como se alguém lá dentro estivesse chorando, e com uma amargura tão contida que me partiu o coração. De fato, pensar neles ocupou minha mente a noite toda, e me impediu completamente de dormir.

Bem, adeus, meu tesouro inestimável, Varenka. Descrevi tudo da melhor maneira possível. Você esteve em meus pensamentos o dia todo; o dia todo meu coração ansiou por você. Acontece que sei, minha querida, que você não tem um casaco quentinho. Essas primaveras de São Petersburgo, com seus ventos e chuva com neve, são a minha morte, Varenka! Que Deus me proteja! Não fique zangada, minha querida, por eu escrever assim. Estilo eu não tenho. Quem me dera ter! Eu escrevo apenas o que vem à minha mente, na esperança de animá-la um pouco. Afinal, se eu tivesse tido uma boa educação, as coisas poderiam ter sido diferentes; mas, do jeito que as coisas estavam, eu não poderia ter uma. Nunca aprendi nem mesmo a fazer contas simples!

Seu sempre e fiel amigo,

Makar Diévuchkin.

25 de abril

Prezado senhor Makar Alexievitch!

Hoje encontrei minha prima Sasha. Que horror! Ela vai se perder, coitada! Além disso, ouvi dizer, por vias indiretas, que Anna Fedorovna tem feito perguntas sobre mim, sob o pretexto de que deseja me perdoar, esquecer o passado e que virá pessoalmente me visitar. Bem, entre outras coisas, ela disse que, ao contrário do senhor, que não é um parente meu de verdade, ela é minha parente mais próxima por laços de sangue; que o senhor não tem nenhum direito de se intrometer em nossos assuntos familiares; e que é errado e vergonhoso eu viver às custas da sua caridade e sob a sua proteção. Além disso, ela disse que eu devo ter esquecido tudo o que fez por mim, que talvez tenha salvado a mim e a minha mãe da fome, e nos dado de comer e de beber; que por dois anos e meio nós lhe causamos grande prejuízo; e, ainda por cima, que ela nos perdoou uma dívida. Nem minha pobre mãe ela poupou. Ah, se minha pobre mãe falecida soubesse como estou sendo tratada! Mas Deus sabe de tudo... Além disso, Anna declarou que foi somente por culpa minha que minha sorte declinou, que ela mesma proporcionou aquela felicidade minha; que ela não é de forma alguma responsável pelo que aconteceu depois; e que só tenho a mim mesma para culpar por ter sido incapaz ou não querer defender minha honra. Ah, Deus! Quem, então, é o culpado, meu Deus! Segundo Anna, o senhor Bikov estava absolutamente certo quando recusou casar-se com uma mulher que... Mas preciso dizer isso? É cruel ouvir tais mentiras como as dela. O que vai acontecer comigo, eu não sei. Fico tremendo, soluçando e chorando. De fato, até escrever esta carta me custou duas horas. Ao menos poderia se pensar que Anna reconheceria sua culpa para comigo. No entanto, veja o que ela diz...! Pelo amor de Deus, não fique ansioso por mim, meu amigo, meu único benfeitor. Fedora tende a exagerar as coisas. Eu não estou realmente doente. Apenas peguei um pequeno resfriado. Peguei-o ontem à noite enquanto caminhava até Volkovo, para assistir à missa em homenagem à minha mãe. Ah, mãe, minha pobre mãe, se pudesse ressurgir do túmulo e ver o que está sendo feito com sua filha!

V. D.

20 de maio

Minha querida Varenka!

Estou lhe enviando algumas uvas, que são boas para quem está se recuperando e altamente recomendadas pelo médico para matar a sede — apenas para isso, matar a sede. Além disso, você disse outro dia que gostaria de algumas rosas; por isso, agora lhe envio um buquê. Você está conseguindo comer, meu benzinho? Pois isso é o mais importante. Vamos agradecer a Deus que o passado e toda a sua infelicidade se foram! Sim, vamos agradecer aos céus por isso! Quanto aos livros, não consigo encontrar nenhum, exceto por um que, escrito em excelente estilo, acredito que possa ser encontrado aqui. De qualquer forma, as pessoas o elogiam muito, então pedi emprestado. Você também gostaria de lê-lo? Nesse aspecto, você é bem exigente; é difícil agradar o seu gosto por livros, apesar de conhecê-la bem, minha querida. Provavelmente você gostaria de poesia — de suspiros e romances… Bom, arranjarei-lhe algumas poesias, arranjarei tudo. Tenho um caderno com tudo anotado.

Comigo, tudo está indo bem; então, por favor, não fique preocupada por minha causa, minha querida. O que Fedora lhe disse sobre mim era puro absurdo. Diga a ela que não está falando a verdade. Sim, não deixe de passar essa mensagem a essa fofoqueira! Não é verdade que vendi um uniforme novo. Por que eu faria isso, visto que ainda tenho quarenta rublos de salário a receber? Não fique inquieta, minha querida. Fedora é uma mulher desconfiada — apenas uma mulher desconfiada. Ainda veremos dias melhores, minha queridinha! Apenas fique bem, meu anjinho — apenas fique bem, pelo amor de Deus, para não entristecer um velho. Além disso, quem lhe disse que pareço estar magro? Calúnias novamente — nada além de calúnias! Estou saudável como nunca e engordei tanto que tenho vergonha de estar tão cheio até o pescoço. Quem dera você estivesse igualmente saudável...! Agora, adeus, meu anjinho. Beijo cada um de seus dedinhos minúsculos e permaneço sempre seu amigo constante,

Makar Diévuchkin.

P.S.: Mas o que é isso, queridíssima, que você me escreveu? Por que me coloca em tal pedestal? Além disso, como eu poderia visitá-la frequentemente, querida? Como, repito? Claro, eu poderia me aproveitar da escuridão da noite; mas, infelizmente, a estação do ano é o que é, e não proporciona muito tempo de escuridão, mas quase não há mais noites agora. De fato, meu anjinho, minha querida, embora, durante sua doença e inconsciência, eu mal tenha deixado seu lado por um momento, não consigo imaginar como consegui fazer as muitas coisas que fiz. Depois, parei de visitá-la, pois as pessoas começaram a ficar curiosas e a me fazer perguntas. No entanto, mesmo assim, surgiu um escândalo. Tenho confiança em Teresa, pois ela não é uma mulher faladora; mas considere como será quando descobrirem tudo sobre nós! O que, então, as pessoas não dirão e pensarão? No entanto, anime-se, minha querida, e recupere sua saúde. Quando você tiver feito isso, conseguiremos organizar um encontro ao ar livre.

1º de junho

Caro Makar Alexievitch!

Estou tão ansiosa para fazer algo que o agrade e o divirta em troca de seu cuidado, por seus incansáveis esforços em meu nome — em suma, por seu amor por mim — que decidi arrumar algum lazer para o senhor, mergulhando em meu baú e retirando de lá o manuscrito que lhe envio junto com esta carta. Comecei-o durante o período mais feliz da minha vida e continuei em intervalos desde então. O senhor tantas vezes me perguntou sobre minha vida anterior — sobre minha mãe, sobre Pokróvski, sobre minha estada com Anna Fedorovna, sobre minhas desventuras mais recentes; tantas vezes expressou o desejo sincero de ler o manuscrito no qual (Deus sabe por quê) registrei certos incidentes da minha vida, que não tenho dúvidas de que enviá-lo lhe trará um prazer sincero. No entanto, de alguma forma me sinto deprimida quando o releio, pois agora parece que envelheci o dobro desde que escrevi suas linhas finais. Ah, Makar Alexievitch, como estou cansada — como essa insônia me tortura! A convalescença é realmente difícil de suportar!

V. D.

I

*Eu tinha apenas catorze anos quando meu pai morreu. Minha infância foi o período mais feliz da minha vida. Começou muito longe daqui, nas profundezas da província de T***, onde meu pai ocupava o cargo de administrador nas vastas propriedades do Príncipe P***. Nossa casa ficava em uma das aldeias do príncipe, e vivíamos uma vida tranquila, pacata, mas feliz. Eu era uma pequenina tão alegre; às vezes, tudo o que eu fazia era correr incessantemente pelos campos, pelos bosques e pelo jardim. Ninguém nunca se preocupava comigo, pois meu pai estava sempre ocupado com assuntos comerciais e minha mãe com as tarefas domésticas. Nem mesmo me ensinavam nada, circunstância da qual não me arrependia. Ao amanhecer, eu corria até o lago ou até o bosque, ou até um campo de feno ou colheita, onde o sol poderia me aquecer, e eu poderia vagar por onde quisesse, arranhando minhas mãos nos arbustos e rasgando meu vestido. Por isso, eu costumava ser repreendida depois, mas não me importava.*

Se nunca tivesse deixado aquela aldeia — se tivesse permanecido para sempre naquele lugar — teria sido sempre feliz; mas o destino ordenou que eu deixasse meu local de nascimento antes mesmo que minha juventude terminasse. Em resumo, eu tinha apenas doze anos quando nos mudamos *para São Petersburgo. Ah! Como me dói lembrar das tristes reuniões antes da nossa partida e de como chorei amargamente quando chegou a hora de nos despedirmos de tudo que eu tanto amava! Lembro-me de me jogar no pescoço do meu pai, implorando-lhe com lágrimas para ficar na aldeia um pouco mais; mas ele mandou-me calar, e minha mãe, acrescentando suas lágrimas às minhas, explicou que assuntos comerciais nos obrigavam a ir. Na verdade, o velho Príncipe P*** havia acabado de morrer, e seus herdeiros tinham dispensado meu pai de seu cargo; uma vez que ele tinha um pouco de dinheiro investido em São Petersburgo, ele considerou necessário estar presente na capital para o devido gerenciamento de seus negócios. Foi minha mãe quem me disse isso. Consequentemente, nos estabelecemos aqui em São Petersburgo e não nos mudamos novamente até a morte do meu pai.*

Como foi difícil para eu me acostumar com minha nova vida! Na época de nossa mudança para São Petersburgo, era outono — uma estação em que, na aldeia, o clima é aclarado, intenso e alegre; todo o trabalho agrícola chegou ao fim, os grandes feixes de milho estão seguramente armazenados no celeiro, e os pássaros voam de um lado para o outro em bandos barulhentos. Sim, nessa estação o campo é alegre e belo, mas aqui em São Petersburgo, na época em que chegamos à cidade, encontramos apenas chuva, geadas amargas de outono, céus sombrios, neve derretida e multidões de estranhos que pareciam hostis, descontentes e dispostos a se ofender. No entanto, conseguimos nos estabelecer — embora eu me lembre de que em nossa nova casa havia muito barulho e confusão enquanto nos organizávamos. Depois disso, meu pai raramente estava em casa, e minha mãe tinha poucos momentos livres; assim, fui esquecida.

Na primeira manhã após nossa chegada, quando acordei, como me senti triste! Pude ver que nossas janelas davam para um lugar monótono, um muro, e que a rua abaixo estava coberta de sujeira. Os transeuntes eram poucos, todos muito agasalhados, com frio evidente.

Então vieram dias em que a monotonia e a depressão reinaram. Mal tínhamos um parente ou um conhecido em São Petersburgo, e até mesmo

Anna Fedorovna e meu pai haviam discutido entre si, devido ao fato de ele lhe dever dinheiro. De fato, as pessoas vinham até nós com frequência a negócios, e, como regra, esses vinham apenas para discutir, argumentar e causar distúrbios. Essas visitas faziam meu pai parecer muito insatisfeito e mal-humorado. Por horas e horas ele ficava andando pelo quarto com uma carranca no rosto e não dizia uma palavra a ninguém. Nem minha mãe ousava se dirigir a ele nessas horas, enquanto, de minha parte, eu costumava sentar, lendo silenciosa e humildemente em um canto — não ousando fazer nenhum movimento.

Três meses após nossa chegada em São Petersburgo, fui enviada para um internato. Lá me encontrei entre pessoas estranhas; tudo era sombrio e desagradável, com professores gritando comigo continuamente, meus colegas sempre me ridicularizando e eu constantemente me sentindo desajeitada e deslocada. Como o sistema era rigoroso e exigente! Horários marcados para tudo, a mesa era coletiva, professores sempre chatos! Essas coisas simplesmente me atormentavam e torturavam. Eu não conseguia nem dormir lá, mas costumava chorar a noite toda; noites longas, chatas e frias. Ao final do dia, todos tínhamos que repetir nossas lições. Enquanto eu me debruçava sobre um diálogo ou um vocabulário, sem ousar sequer me mexer, meus pensamentos se voltavam para o canto da lareira em casa, para meu pai, para minha mãe, para minha velha babá, para as histórias que ela costumava contar! Como era triste tudo isso! A memória das coisas mais ínfimas da casa me agradava, e eu pensava e pensava em como as coisas costumavam ser boas. Mais uma vez, eu estaria sentada em nossa pequena sala de estar tomando chá com meus pais — na familiar pequena sala de estar onde tudo era aconchegante e quente! Como eu queria dar um abraço apertado na minha mãezinha com força! Assim eu ponderava, até que, finalmente, lágrimas de tristeza escorriam e sufocavam meu peito, e expulsavam os vocábulos da minha mente; pois nunca consegui dominar as tarefas, não importava o quanto minha professora e colegas de escola pudessem me repreender, não importava o quanto eu as repetisse: no dia seguinte não me lembrava de nada. Consequentemente, costumava receber o castigo de ficar ajoelhada e fazer apenas uma refeição por dia. Como eu me sentia triste e desanimada! Desde o início, meus colegas costumavam me provocar e zombar de mim sempre que eu recitava algo. Além disso, eles costumavam me beliscar quando estávamos a caminho do jantar ou do chá, e fazer queixas infundadas sobre mim para a diretora. Por outro lado, como parecia o paraíso quando, no sábado à noite, minha antiga babá chegava para me buscar! Como eu abraçava a velha mulher num frenesi de alegria! Depois de me vestir e me agasalhar, ela descobria que mal conseguia me acompanhar no caminho até em casa, tão cheia que eu estava de assuntos e histórias sobre uma coisa e outra. Então, quando eu chegava em casa, alegre e de bom humor, como eu abraçava fervorosamente meus pais! Como se não os visse há dez anos. Que alvoroço havia — quantas conversas, histórias e fofocas! Eu cumprimentava a todos e ria, gargalhava, corria por aí e pulava de pura alegria. É verdade, meu pai e eu costumávamos ter conversas sérias sobre as lições, professores, o idioma francês e a gramática; ainda assim, éramos todos muito felizes e contentes juntos. Mesmo agora, me emociona pensar nesses momentos. Pelo bem de meu pai, eu me esforçava para aprender as tarefas, pois via que ele estava gastando seu último copeque comigo, sendo que ele mesmo pelejava, Deus sabe como. A cada dia ele ficava mais carrancudo, insatisfeito e irritadiço. Seu caráter continuava se deteriorando; seus negócios não estavam prosperando e ele tinha uma montanha de dívidas. Quanto à minha mãe, ela tinha medo até de dizer uma única palavra, ou de chorar alto demais, com medo de irritá-lo. Gradualmente ela adoeceu, emagreceu e começou a sentir uma tosse dolorosa. Sempre que eu chegava da escola, encontrava todos desanimados: minha mãe derramando lágrimas silenciosas e meu pai enfurecido. Discussões e palavras ríspidas surgiam, durante as quais meu pai costumava declarar que eu não lhe trazia nenhuma alegria, nenhum consolo, e, embora tivesse gastado seu último copeque com a minha educação, eu ainda não havia dominado o francês. Em resumo, tudo começou a dar errado, a se transformar em infelicidade; e por essa circunstância, papai descontava em mim e na minha mãe. Como ele pôde tratar minha pobre mãe tão mal? Eu não consigo entender. Costumava me dilacerar o coração vê-la, tão fundas eram suas bochechas, tão fundos seus olhos, tão febril seu rosto. Mas foi principalmente em torno de mim que as discussões se concentravam. Embora começassem apenas por alguma ninharia qualquer, logo passavam para Deus sabe o quê. Muitas vezes, até eu mesma não entendia o que estava acontecendo. Que conversas eram aquelas! Meu pai dizia que eu era uma completa idiota na língua francesa; que a diretora da minha escola era uma mulher estúpida e descuidada que não se importava com a nossa moral; que ele, meu pai, ainda não havia conseguido obter outro serviço; que a gramática de Lomonde[9] *era horrível, e a de Zapolski era muito melhor; que muito dinheiro havia sido desperdiçado comigo; que era claro que eu estava perdendo meu tempo repetindo diálogos e vocabulários; que eu era a única culpada, e que eu tinha que responder por tudo. No entanto, isso tudo não era porque meu pai não me amava, mas sim pelo fato de que ele era incapaz de se colocar no meu lugar e no lugar da minha mãe. Mas era o jeito dele.*

Todos esses cuidados, preocupações e decepções torturaram meu pobre pai até que ele se tornou completamente amargo e desconfiado. Em seguida, começou a negligenciar sua saúde, com o resultado de que, pegando um resfriado, morreu após pouco tempo, tão repentina e inesperadamente que por alguns dias permanecemos em choque — minha mãe, em particular, ficando por um tempo em um estado de torpor que me fez temer por sua sanidade. No instante em que meu pai morreu, os credores pareciam brotar do chão e nos atacar em massa. Tudo o que possuíamos teve que ser entregue a eles, incluindo uma pequena casa que meu pai havia comprado seis meses após nossa chegada em São Petersburgo. Como as questões foram finalmente resolvidas eu não sei, mas nos encontramos sem teto, sem abrigo e sem um tostão. Minha mãe estava gravemente doente, e não tínhamos meios de subsistência. Diante de nós só havia ruína, pura ruína. Na época, eu tinha catorze anos. Logo depois, Anna Fedorovna veio nos visitar, dizendo que era uma senhora de posses e nossa parente; e isso minha mãe confirmou — embora, verdade seja dita, ela acrescentou que Anna era

9 Lomonde foi o pseudônimo de Jean-Baptiste-Antoine Suard (1732–1817), um renomado gramático e jornalista francês. Ele é conhecido, entre outras coisas, por sua contribuição à gramática e à literatura francesa do século XVIII e início do XIX. (N. do R.)

apenas uma parente muito distante. Anna nunca havia prestado atenção em nós quando meu pai era vivo, mas naquele momento entrou em nossa vida com lágrimas nos olhos e a garantia de que pretendia melhorar nossa sorte. Ela lamentou nossa perda e posição desamparada, acrescentou que meu pai tinha sido o culpado por tudo, pois havia vivido além de seus meios e assumido mais do que podia cumprir. Além disso, ela expressou o desejo de se aproximar de nós e esquecer as mágoas passadas; e quando minha mãe explicou que, de sua parte, não guardava ressentimentos contra Anna, esta última explodiu em lágrimas e, apressando minha mãe até a igreja, ordenou naquele momento que se rezasse uma missa pelo "querido falecido", como ela chamava meu pai. Dessa forma, ela efetuou uma solene reconciliação com minha mãe.

Em seguida, após longas negociações e vacilações, aliadas a uma vívida descrição de nossa posição desamparada, desolação e impotência, Anna convidou-nos, como ela mesma disse, a nos refugiarmos na casa dela. Minha mãe agradeceu-lhe devidamente e considerou o convite por um tempo; após o que, vendo que não havia mais nada a ser feito, informou Anna Fedorovna que estava preparada, com gratidão, para aceitar sua oferta. Ah, como eu me lembro da manhã em que nos mudamos de São Petersburgo para a Ilha Vasilievsky![10] *Era uma manhã clara, seca e fria de outono. Minha mãe não conseguia conter suas lágrimas, e eu também me sentia deprimida. Meu peito estava dilacerado, minha alma atormentada por uma melancolia inexplicável e terrível. Foram tempos muito difíceis...*

II

A princípio — ou seja, até minha mãe e eu nos acostumarmos com nossa nova morada — achamos estranho e desagradável viver na casa de Anna Fedorovna. A casa era dela e continha cinco quartos, três dos quais ela compartilhava com minha prima órfã, Sasha (quem ela havia criado desde bebê); um quarto era ocupado por minha mãe e por mim; e o quinto

10 Está localizada em São Petersburgo, na Rússia. É a maior das ilhas do delta do Rio Neva e uma das partes mais centrais e históricas da cidade. (N. do R.)

foi alugado por Anna a um estudante pobre chamado Pokróvski. Embora Anna vivesse bem — sendo mais rica do que se poderia esperar —, sua fortuna era um mistério, assim como suas ocupações. Ela estava sempre agitada, sempre preocupada, saindo várias vezes ao dia; mas, o que ela fazia ou por que ela o fazia, eu nunca poderia adivinhar. Além disso, ela possuía um círculo amplo e variado de amigos. A corrente de visitantes era perpétua — vinham sempre a negócios e ficavam por poucos minutos. Assim que minha mãe ouvia a campainha da porta, ela me levava para nosso quarto. Isso desagradava muito a Anna, que repetidamente assegurava à minha mãe que éramos orgulhosas demais para nossa condição na vida. E ficava horas falando disso. Na época eu não conseguia entender essas repreensões, e só muito tempo depois aprendi — ou melhor, adivinhei — por que afinal minha mãe declarou não conseguir mais viver com Anna. Sim, Anna era uma mulher má. Nunca nos deixava em paz. Quanto ao motivo exato pelo qual ela nos convidou para compartilhar sua casa com ela, ainda é um segredo para mim. A princípio ela não foi completamente indelicada conosco, mas, mais tarde, revelou-nos seu verdadeiro caráter — assim que, digamos, viu que estávamos à sua mercê e não tínhamos para onde ir. Posteriormente, ela foi até carinhosa comigo — grosseiramente carinhosa, ao ponto da bajulação, mas no começo, eu sofri junto a minha mãe. Anna constantemente nos repreendia; constantemente nos lembrava de suas beneficências e nos apresentava aos seus amigos como os "parentes pobres" — uma viúva e uma órfã — que ela, por bondade de coração e pelo amor em Cristo, havia acolhido em sua casa. À mesa, ela também observava cada porção que pegávamos; e, se não estivéssemos comendo, imediatamente a história recomeçava: dizia que éramos muito exigentes, que não deveríamos supor que a riqueza signifique felicidade e que seria melhor irmos morar por conta própria. Além disso, ela nunca parava de denegrir meu pai — dizendo que ele queria ser melhor do que outras pessoas e, assim, havia acabado mal; que ele havia deixado sua esposa e filha na miséria; e que, se não fosse o fato de termos encontrado uma alma cristã gentil e simpática, só Deus sabe onde teríamos ido parar, a não ser na rua. O que essa mulher não dizia? Como era repugnante ouvir as coisas que saíam de sua boca. De vez em quando, minha mãe irrompia em lágrimas; sua saúde piorava dia após dia e seu corpo estava se tornando apenas pele e osso. Enquanto isso, tínhamos que trabalhar — de manhã até à noite, pois conseguimos alguns trabalhos costurando. Isso, no entanto, não agradava Anna, que nos dizia não haver espaço em sua casa para um ateliê de costura. No entanto, precisávamos de roupas para nos vestir, de reservas para despesas imprevistas e para quando quiséssemos nos mudar para outro lugar. Infelizmente, o esforço minou a saúde de minha mãe, e ela foi gradualmente enfraquecendo. A doença, como um verme, roía sua vida e a arrastava para o túmulo. Eu bem podia ver o que ela estava suportando, o quanto ela estava sofrendo. Sim, tudo estava claro aos meus olhos.

Os dias se sucediam, cada um como o anterior. Vivíamos em silêncio, como se não estivéssemos em uma cidade. Anna mesma ficava mais tranquila à medida que percebia a extensão de seu poder sobre nós. Em nada ousávamos contrariá-la. Em nosso quarto, estávamos separadas de sua metade por um corredor, enquanto ao nosso lado (como mencionado anteriormente) morava um certo Pokróvski, cuja tarefa era ensinar a Sasha os idiomas francês e alemão, além de história e geografia, "todas as ciências", como Anna costumava dizer. Em troca desses serviços, ele recebia hospedagem e alimentação gratuitas. Quanto a Sasha, ela era uma menina inteligente, mas travessa e inculta, de treze anos. Em uma ocasião, Anna comentou com minha mãe que poderia ser bom para mim tomar algumas lições, visto que minha educação havia sido negligenciada na escola; e minha mãe, alegremente consentindo, permitiu que me juntasse à Sasha por um ano, estudando com esse Pokróvski.

Ele era um jovem pobre — muito pobre — cuja saúde não permitia que frequentasse um curso universitário regular. De fato, era apenas por uma questão de costume que o chamávamos de estudante. Ele vivia de maneira tão tranquila, humilde e reservada que nunca um barulho chegava até nós de seu quarto. Além disso, sua aparência era peculiar — ele se movia e caminhava desajeitadamente, pronunciando suas palavras de maneira tão estranha que no início eu não conseguia olhar para ele sem rir. Sasha esta-

va sempre pregando peças nele, especialmente quando ele estava nos dando aulas. Mas, infelizmente, ele era tão nervoso quanto ela. De fato, ele era tão irritadiço que a menor coisa o deixava em um frenesi, o que o fazia gritar conosco e reclamar do nosso comportamento. Às vezes, ele até corria para seu quarto antes das aulas acabarem e ficava lá por dias, debruçado sobre seus livros, dos quais possuía uma coleção rara e valiosa. Além disso, ele atuava como professor em outro estabelecimento e recebia algum dinheiro por seus serviços lá; e, sempre que conseguia juntar alguma quantia, corria e comprava mais livros.

Com o tempo, passei a conhecê-lo e a gostar mais dele, pois na realidade ele era um bom e digno companheiro — mais do que qualquer uma das pessoas com quem de outra forma tínhamos contato. Minha mãe, em particular, tinha grande respeito por ele, e, depois dela, ele era a pessoa mais próxima a mim. Mas de início eu era apenas uma moça crescida que se juntava a Sasha para fazer bobagens. Durante horas, inventávamos os mais diversos truques para irritar e distraí-lo, pois ele parecia extremamente ridículo quando estava irritado, e isso nos divertia ainda mais (embora agora eu tenha vergonha de admitir). Mas, uma vez, quando quase o fizemos chorar, ouvi-o dizer em voz baixa: "Que crianças cruéis!", e instantaneamente me arrependi — comecei a me sentir triste, envergonhada e com pena dele. Fiquei vermelha até as orelhas e implorei, quase chorando, para que ele não nos levasse a mal, nem se ofendesse com nossas piadas tolas. No entanto, sem terminar a aula, ele fechou o livro e foi para o seu quarto. Durante aquele dia inteiro me senti dilacerada pelo remorso. Pensar que nós, duas crianças, tínhamos o forçado, aquele coitado, infeliz, a se lembrar de sua situação difícil! E à noite não consegui dormir de tristeza e arrependimento. Dizem que a confissão traz alívio para a alma, mas não é assim. Até que ponto minha tristeza tinha a ver com minha vaidade eu não sei, mas pelo menos não queria que ele me considerasse uma criança, visto que naquele momento eu tinha quinze anos. Portanto, a partir daquele dia, comecei a torturar minha imaginação com a elaboração de mil planos que deveriam obrigar Pokróvski a mudar sua opinião sobre mim. Ao mesmo tempo, sendo ainda tímida e reservada por natureza, acabei descobrindo que, na minha posição atual, não conseguia tomar decisão alguma, e ficava sonhando acordada (e que sonhos eu tinha). No entanto, parei de me juntar à Sasha para fazer bobagens, enquanto Pokróvski, por sua vez, parou de perder tanto a paciência conosco. Infelizmente, isso não foi o suficiente para satisfazer o meu orgulho.

Neste ponto, devo dizer algumas palavras sobre o ser humano mais estranho, mais interessante, mais lamentável que já encontrei. Falo dele agora — neste ponto específico, nestas memórias — pelo motivo de que até o dado momento eu não havia prestado atenção nele, mas tudo relacionado a Pokróvski de repente se tornou interessante para mim!

Às vezes, vinha à casa um homem maltrapilho, sujo, de cabelos grisalhos, desajeitado — em suma, um homem de aparência muito estranha. À primeira vista, poderia se pensar que ele estava perpetuamente envergonhado de si mesmo. Encolhia-se, fazia caretas, seus gestos e trejeitos eram tais que se podia quase afirmar que não era são.

Ao chegar, ele hesitava por um tempo, parado na frente da janela, como se tivesse medo de entrar; até que, se alguém por acaso passasse pela porta — seja Sasha, ou eu mesma ou uma das criadas (a essas últimas ele sempre recorria mais prontamente, por serem as mais próximas de sua própria classe) —, ele começava a gesticular e a acenar. Então, se a pessoa em questão acenasse de volta ou o chamasse pelo nome (o sinal claro de que nenhum outro visitante estava presente e que ele poderia entrar livremente), ele abria a porta gentilmente, dava um sorriso de satisfação enquanto esfregava as mãos e seguia nas pontas dos pés até o quarto do jovem Pokróvski. Esse velho não era outro senão o pai de Pokróvski.

Mais tarde, fiquei sabendo de sua história em maiores detalhes. Anteriormente, fora um funcionário público, mas não tinha muitas habilidades e, portanto, ocupava uma posição muito baixa e insignificante no serviço. Então, depois que sua primeira esposa (mãe do jovem Pokróvski) morreu, o viúvo pensou em se casar novamente e tomou para si a filha de um comerciante, que logo assumiu as rédeas de tudo e levou o lar à ruína, de modo que o velho acabou pior do que antes. Mas para o jovem Pokróvski, o destino foi mais gentil, pois um proprietário de terras chamado Bikov, que havia conhecido o pai do rapaz anteriormente e sido seu benfeitor, levou o garoto sob sua proteção e o enviou à escola. Outro motivo pelo qual Bikov se interessou pelo jovem Pokróvski foi que ele havia conhecido a falecida mãe do rapaz, que, enquanto ainda era uma empregada doméstica, havia recebido ajuda de Anna Fedorovna e subsequentemente se casou com o funcionário Pokróvski. No casamento, Bikov, movido por sua amizade com Anna, conferiu à jovem noiva um dote de cinco mil rublos; mas para onde esse dinheiro foi desde então, ninguém sabe. Foi dos lábios de Anna que ouvi a história, pois o estudante Pokróvski nunca foi propenso a falar sobre seus assuntos familiares. Dizia-se que sua mãe era muito bonita; portanto, é ainda mais misterioso o motivo que a levou a arranjar um casamento tão ruim. Ela morreu jovem — apenas quatro anos após o casamento.

Da escola, Pokróvski avançou para o ginásio, e de lá para a Universidade, onde Bikov, que frequentemente visitava a capital, continuou a conceder ao jovem sua proteção. Gradualmente, no entanto, a saúde precária pôs fim ao curso universitário do jovem; Bikov então o apresentou e o recomendou pessoalmente a Anna Fedorovna, e ele foi morar com ela sob a condição de que ensinasse a Sasha tudo o que fosse necessário.

A tristeza pela crueldade de sua esposa levou o Pokróvski mais velho a mergulhar na devassidão e a permanecer em um estado quase permanente de embriaguez. Constantemente ela o espancava ou o colocava de castigo na cozinha — e assim, com o tempo, ele se acostumou tanto aos golpes e ao descaso que parou de reclamar. Ele não era um homem muito velho, mas o vício quase lhe tirou a razão, sendo que seu único sentimento humano se mostrava através do amor pelo filho. Dizia-se que este último se parecia com sua mãe falecida assim como uma ervilha se parece com outra. Quantas lembranças, portanto, da bondosa companheira de outrora não devem ter influenciado o pobre velho nessa devoção absoluta pelo filho? De nada mais o pai poderia falar senão de seu filho, e nunca deixava de visitá-lo duas vezes por semana. Ele não ousava vir com mais frequência, pelo motivo de que o filho não gostava dessas visitas do pai. De fato, não há dúvida de que a maior falha do jovem era sua falta de respeito para com seu pai. No entanto, este certamente era uma pessoa difícil de lidar, pois, em primeiro lugar, era extremamente curioso, enquanto, em segundo lugar, suas conversas longas e perguntas — do tipo mais vago e sem sentido concebível — sempre atrapalhava o filho nos estudos. Da mesma forma, o velho ocasionalmente chegava bêbado. Gradualmente, no entanto, o filho estava desacostumando seu pai de seus caminhos viciosos e eterna curiosidade, e ensinando o velho a olhar para ele, seu filho, como um oráculo, perto do qual nunca se fala sem permissão.

Quando o assunto era seu Petienka, como ele o chamava, o pobre velho nunca se cansava de falar, estendendo-se demasiadamente. No entanto, quando chegava para visitar seu filho, quase sempre tinha no rosto uma expressão acanhada que provavelmente se devia à incerteza sobre como seria recebido. Por muito tempo hesitava em entrar e, se eu estivesse lá, ele conversava comigo por uns vinte minutos ou mais, perguntando-me se o seu Petienka estava com boa saúde, qual era o seu humor, se estava ocupado com questões importantes, o que precisamente estava fazendo (escrevendo ou meditando), e assim por diante. Então, quando eu o encorajava e o tranquilizava o suficiente, o velho decidia entrar, e abria silenciosa e cautelosamente a porta. Em seguida, ele colocava a cabeça pela fresta e, se visse que seu filho não estava irritado, mas lhe acenava, ele deslizava silenciosamente para dentro do quarto, tirava o cachecol e pendurava o chapéu (este último sempre velho, cheio de buracos e com a aba amassada) — tudo isso sem uma palavra ou um som de qualquer tipo. Em seguida, o velho sentava-se cuidadosamente em uma cadeira e, sem nunca tirar os olhos de seu filho, acompanhava cada movimento dele, como se tentasse avaliar o estado de espírito de Petienka. Por outro lado, se o filho não estivesse de bom humor, o pai logo notava e imediatamente se levantava, dizendo que estava "apenas de passagem", que, "tendo saído para uma longa caminhada, aconteceu de passar ali por perto", que ele tinha "parado para descansar por um momento". Então, calado e humildemente, o velho retomava seu chapéu e cachecol; abria silenciosamente a porta e partia com um sorriso forçado no rosto — o melhor para suportar a decepção que estava fervendo em seu peito, o melhor para ajudá-lo a não mostrá-la ao filho.

Por outro lado, sempre que o filho o recebia bem, o velho transbordava de alegria. A satisfação brilhava em seu rosto, em cada gesto, em cada movimento. E se o filho se dignasse a conversar com ele, o velho sempre se levantava um pouco da cadeira e respondia suavemente, simpaticamente, quase com reverência, enquanto se esforçava ao máximo para usar as expressões mais requintadas (ou seja, as mais ridículas). Mas, ai! Ele não tinha o dom das palavras. Sempre ficava confuso e com o rosto vermelho; nunca sabia o que fazer com as mãos ou consigo mesmo. Da mesma forma, sempre que ele dava uma resposta de qualquer tipo, continuava repetindo a mesma coisa num sussurro, como se estivesse buscando corrigir o que acabara de dizer. E se acontecesse de ele dar uma boa resposta, começava a se empertigar e a endireitar o colete, o casaco e a gravata, e a assumir um ar digno. De fato, nessas ocasiões ele se sentia tão encorajado, levava sua ousadia a tal ponto, que, levantando-se suavemente da cadeira, se aproximava das estantes de livros, pegava um volume e lia um trecho qualquer. Tudo isso ele fazia com um ar de naturalidade fingida, como se sempre fosse livre para usar os livros, e a bondade de seu filho não fosse nenhuma raridade. No entanto, em uma ocasião, eu vi o pobre velho ficar realmente pálido ao ouvir do filho que não tocasse nos livros. Confuso e envergonhado, ele, em sua pressa desajeitada, recolocou o volume de cabeça para baixo; depois, com um esforço supremo para se recompor, ele o virou com um sorriso e um rubor, como se estivesse em dúvida sobre como reagir ao seu próprio delito. Gradualmente, como já disse, o jovem Pokróvski estava desacostumando o pai de seus maus caminhos, dando-lhe uma moedinha sempre que, em três ocasiões consecutivas, ele chegasse sóbrio. Às vezes, também, o mais jovem comprava para o mais velho botas, ou uma gravata, ou um colete; o velho ficava tão orgulhoso de sua aquisição quanto um pavão. Não raramente, também, o velho aparecia para nos visitar e trazia para Sasha e para mim biscoitos de gengibre em formato de pássaros ou maçãs, enquanto falava incessantemente de Petienka. Sempre pedia para prestarmos atenção em nossas aulas, que o escutássemos, que Petienka era um bom filho, um filho exemplar, e que além disso era um filho estudioso; após o que ele piscava para nós de maneira tão engraçada com seu olho esquerdo e se contorcia tão divertidamente que éramos forçadas a explodir de rir. Minha mãe gostava muito dele, mas ele detestava Anna Fedorovna — embora em sua presença fosse mais quieto do que água, e mais baixo do que a grama[11]*.*

Logo depois disso, parei de ter aulas com Pokróvski. Mesmo depois de tudo ele ainda me considerava uma criança, uma pessoa crua, tanto quanto considerava Sasha; e isso me machucava extremamente, já que eu havia me esforçado ao máximo para apagar o que tinha feito no passado. Mas meus esforços nesse sentido não haviam sido notados, e o fato continuava a me irritar cada vez mais. Quase nunca dirigia uma palavra ao meu tutor fora das aulas, e nem conseguia. Eu ficava vermelha e confusa e corria para chorar em um canto, tomada de desgosto. Não sei como tudo isso teria terminado, não fosse um incidente curioso ter ajudado a promover uma reaproximação. Uma noite, quando minha mãe estava sentada no quarto de Anna Fedorovna, eu me arrastei nas pontas dos pés até o apartamento de Pokróvski, acreditando que ele não estava em casa. Um estranho impulso me moveu a fazer isso. É verdade, tínhamos vivido lado a lado, e ainda assim, eu nunca tive sequer um vislumbre do seu recanto. Consequentemente, meu coração batia forte — tão forte, de fato, que parecia quase estar estourando meu peito. Ao entrar no quarto, olhei em volta com interesse e tensão. Era muito pobremente mobiliado e apresentava poucos traços de ordem. Na mesa e nas cadeiras havia pilhas de livros; em todos os lugares havia livros e papéis. Então, um pensamento estranho tomou conta de mim, bem como uma sensação desagradável de irritação. Pareceu-me que minha amizade, meu afeto, significava pouco para ele, pois ele era instruído, enquanto eu era tola, não havia aprendido nada e não havia lido um único livro. Assim, fiquei olhando com inveja para as longas prateleiras abarrotadas. Eu me senti cheia de tristeza, decepção e uma espécie de fúria. Decidi que devia ler aqueles livros — todos aqueles livros, um por

11 Da expressão russa "Тише воды, ниже травы" (*Tishe vody, nizhe travy*). (N. do R.)

um, e o mais rápido possível. Talvez eu pensasse que, aprendendo tudo o que ele sabia, eu me tornaria mais digna de sua amizade. Então, corri em direção à estante mais próxima de mim, e, sem parar para pensar mais, agarrei o primeiro tomo empoeirado que minhas mãos conseguiram alcançar, e, enrubescendo e empalidecendo alternadamente, tremendo de medo e emoção, abracei o livro roubado ao meu peito com a intenção de lê-lo à luz de velas, quando mamãe dormisse.

Mas como fiquei chateada quando, ao voltar para nosso próprio quarto e folhear rapidamente as páginas, apenas um livro em latim, desgastado e comido por traças me cumprimentou os olhos! Sem perder tempo, refiz meus passos. Justamente quando estava prestes a recolocar o livro, ouvi um barulho no corredor lá fora e o som de passos se aproximando. Com dedos trêmulos, apressei-me no que estava fazendo, mas o livro estava tão apertado na estante que, ao ser puxado, fez com que seus companheiros se juntassem demais, sem deixar espaço para seu camarada. Colocar o livro de volta estava além das minhas forças; ainda assim, continuei empurrando e empurrando a fileira. Por fim, um prego enferrujado que sustentava a estante (a coisa parecia ter esperado propositalmente por aquele momento!) quebrou, resultando num estrondo enorme que fez os livros se amontoarem em uma pilha no chão! Em seguida, a porta do quarto se abriu, e Pokróvski entrou!

Devo aqui observar que ele nunca suportou que mexessem em suas coisas. Ai da pessoa, em particular, que tocasse em seus livros! Julgue, portanto, meu horror quando livros grandes e pequenos, livros de todas as formas, tamanhos e espessuras possíveis, começaram a cair da estante e a rolar sobre a mesa, as cadeiras e por todo o quarto. Eu teria me virado e fugido, mas era tarde demais. "Está acabado", pensei. "Estou arruinada, perdida! Agi como uma criança de dez anos! Que garota estúpida sou! Que tola!"

De fato, Pokróvski estava muito irritado. "O quê? Era só o que faltava!", ele gritou. "Não tem vergonha de estar sempre se metendo em travessuras? Nunca vai crescer?" Com isso, ele se lançou para recolher os livros, enquanto eu me abaixava para ajudá-lo. "Não precisa, não precisa!", ele gritou. "Teria sido muito melhor se não se metesse onde não foi chamada." Em seguida, um pouco aplacado por minha atitude humilde, ele retomou um tom mais brando — o tom que ele havia adotado em seu novo papel de professor: "Quando você vai crescer e amadurecer? Olhe para si mesma. Você não é mais uma criança, uma menininha, você já tem quinze anos."

Então, com um desejo (provavelmente) de se certificar de que eu não era mais um ser de tenra idade, ele me lançou um olhar — mas imediatamente ficou vermelho até as orelhas. Isso eu não conseguia entender, mas fiquei olhando para ele em perplexidade. Então, ele se endireitou um pouco, aproximou-se de mim com uma expressão confusa e, hesitante, disse algo — provavelmente um pedido de desculpas por não ter percebido antes que eu agora era uma moça. Mas no momento seguinte eu entendi. O que eu fiz, mal sei, exceto que, em meu constrangimento e confusão, fiquei ainda mais envergonhada do que ele e, cobrindo meu rosto com as mãos, corri para fora do quarto.

Eu não sabia o que fazer, onde me esconder de tanta vergonha. O único pensamento na minha cabeça era que ele havia me surpreendido em seu quarto. Por três dias inteiros me vi incapaz de levantar os olhos para ele, mas sempre ficava vermelha até o ponto de chorar. Os pensamentos mais estranhos e ridículos continuavam girando em minha mente. Um deles — o mais absurdo — era de que eu adoraria ir até Pokróvski e explicar a situação para ele; fazer uma confissão completa e contar tudo sem esconder nada; assegurar a ele que eu não tinha agido como uma garota estúpida, mas honestamente e com boas intenções. De fato, eu estava determinada a tomar uma atitude, mas me faltou a coragem necessária para fazer isso. Se eu tivesse feito isso, que papel eu teria me prestado! Mesmo agora, tenho vergonha de pensar nisso.

Alguns dias depois, minha mãe adoeceu gravemente. Por dois dias ela não saiu da cama, e durante a terceira noite foi tomada por febre e delírio. Eu já havia passado uma noite em claro, cuidando dela, sentava ao lado de sua cama, oferecendo-lhe bebida em intervalos e lhe dando remédios em horários devidamente marcados. Na noite seguinte, sofri terrivelmente. De vez em quando, eu sentia sono, minha visão ficava embaçada e os objetos ficavam turvos diante dos meus olhos. Além disso, minha cabeça girava e a cada minuto eu sentia que estava prestes a desmaiar de cansaço. No entanto, os gemidos fracos de minha mãe sempre me acordavam, e eu estremecia, despertava por um momento e então novamente sentia o sono me vencendo. Que tortura era! Eu não sei, não consigo me lembrar claramente, mas acho que, durante um momento, enquanto lutava assim contra o sono, um sonho estranho, uma visão horrível, visitou minha mente exausta e eu acordei em terror. O quarto estava quase em completa escuridão, pois a vela piscava lançando feixes de luz dispersos que de repente iluminavam a sala, ora lampejavam na parede, ora desapareciam por completo. Por algum motivo, eu estava com medo — um tipo de horror havia caído sobre mim —, minha imaginação havia sido agitada pelo sonho maligno então vivenciado, e uma sensação de opressão esmagava meu coração... Saltei da cadeira e involuntariamente soltei um grito — um grito arrancado de mim por aquela terrível sensação torturante. Nesse momento, a porta se abriu e Pokróvski entrou.

Lembro-me de que estava em seus braços quando recuperei meus sentidos. Cuidadosamente me sentando em um banco, ele me entregou um copo d'água e então me fez algumas perguntas — não me lembro do que respondi. "Você está doente", disse ele enquanto pegava minha mão. "Você está muito doente. Está com febre, e vejo que está se esgotando por negligenciar sua própria saúde. Descanse um pouco. Deite-se e durma. Sim, deite-se, deite-se", continuou, sem me dar tempo para protestar. De fato, o cansaço havia exaurido tanto a minha força que meus olhos estavam fechando de pura fraqueza. Então recostei-me na cadeira com a intenção de dormir por apenas meia hora; mas dormi até de manhã. Pokróvski só me acordou na hora de ir dar o remédio à minha mãe.

Na noite seguinte, perto das oito horas, eu havia descansado um pouco e estava me preparando para passar a noite em uma cadeira ao lado da cama de minha mãe (decididamente não pretendendo dormir desta vez), quando, por volta das onze, Pokróvski bateu de repente à porta. Eu a abri e ele me informou que, como possivelmente eu ficaria entediada, havia me trazido um livro para ler. Aceitei o livro, mas até agora não sei qual era, nem se olhei para ele, apesar do fato de não ter fechado os olhos a noite inteira. A verdade era que um estranho sentimento de agitação estava me impedindo de dormir, e eu não conseguia ficar muito tempo no mesmo lugar: tinha que me levantar da cadeira e andar pelo quarto. Por todo o meu ser parecia haver uma espécie de contentamento — de contentamento pela atenção de Pokróvski, sentia orgulho do cuidado e da preocupação dele comigo. Até o amanhecer eu refleti e sonhei; e embora tivesse certeza de que Pokróvski não nos visitaria novamente naquela noite, me entreguei a fantasias sobre o que ele poderia fazer na noite seguinte.

Naquela noite, quando todos na casa já haviam se recolhido para descansar, Pokróvski abriu sua porta e começou a conversar comigo do limiar de seu quarto. Embora, depois de todo esse tempo, eu não consiga me lembrar de uma palavra do que dissemos, lembro que fiquei vermelha, confusa, me senti irritada comigo mesma e esperei com impaciência pelo fim da conversa, apesar de ter desejado que o encontro acontecesse, tivesse passado o dia sonhando com isso e elaborando uma série de perguntas e respostas adequadas. Sim, aquela noite vi o primeiro fio de nossa amizade tecido; e a cada noite subsequente da doença de minha mãe, passamos várias horas juntos. Pouco a pouco venci sua reserva, mas descobri que cada uma dessas conversas apenas me deixava cheia de irritação comigo mesma. Ao mesmo tempo, eu podia ver com alegria secreta e orgulho que estava levando-o a se esquecer de seus livros cansativos. Por fim, a conversa acabou voltando à noite da queda da estante. O momento foi peculiar, pois surgiu quando eu estava no humor certo para uma confissão e franqueza. Em meu ardor, um instante curioso de exaltação, vi-me levada a dizer de forma integral os motivos que haviam me convencido a aprender, a saber de algo, uma vez que havia me sentido ferida por ser considerada uma criança, um mero bebê... Repito que naquela noite eu estava num estado de espírito muito estranho. Meu coração estava inclinado a ser terno, e havia lágrimas em meus olhos. Nada escondi enquanto lhe contava sobre a minha afeição por ele, sobre meu desejo de amá-lo, de viver em simpatia com ele e confortá-lo, de tornar sua vida mais fácil. Em troca, ele me lançou um olhar de confusão misturado com espanto e não disse nada. Então, de repente, comecei a me sentir terrivelmente magoada e desapontada, pois concebi que ele havia falhado em me entender, ou até mesmo que ele poderia estar rindo de mim por dentro. Caindo no choro como uma criança, solucei e não consegui me conter, pois estava em uma espécie de ataque; nesse momento, ele agarrou minha mão, beijou-a e a apertou contra seu peito, dizendo várias coisas enquanto isso; para me confortar, disse que estava sob forte emoção. Exatamente o que ele disse eu não me lembro — eu apenas chorava e ria alternadamente; ficava vermelha e me encontrava incapaz de expressar minha alegria. No entanto, por conta de toda a minha agitação, notei que ainda havia uma aura de constrangimento e inquietação sobre ele. Evidentemente, ele estava perdido de espanto com meu entusiasmo e arrebatamento — com minha amizade curiosamente ardente, inesperada e consumidora. Pode ser que de início ele tenha ficado surpreso, mas que depois tenha aceitado minha devoção, minhas palavras amigas e interesse com a mesma franqueza com que eu as ofereci, respondendo a elas mutuamente, como um amigo ou um irmão faria. Meu coração estava quentinho, era tão bom! Não havia escondido ou reprimido nada. Não, eu havia exposto tudo a ele, e cada dia o via se aproximar mais de mim.

Verdadeiramente, não posso dizer sobre o que não falamos durante essas horas dolorosas, mas extáticas, quando, à luz trêmula, e quase ao lado da cama de minha pobre mãe doente, mantivemos vigília de madrugada. Falamos de tudo o que veio à nossa mente — o que estava em nosso coração, foi dito. E quase sempre fomos felizes. Que período doloroso, mas alegre, foi aquele — doloroso e alegre ao mesmo tempo! Até hoje tanto me dói quanto me encanta lembrar. Sejam alegres ou amargas, as lembranças ainda são dolorosas. Pelo menos elas parecem para mim, embora uma certa doçura tenha amenizado a dor. Assim, sempre que me sinto desanimada, oprimida, cansada e triste, essas lembranças retornam para me refrescar e reviver, como gotas de orvalho numa noite úmida, após um dia abafado, refrescam e revivem a pobre flor caída que há muito murchava no calor do meio-dia.

Minha mãe estava se recuperando, mas ainda assim continuei a passar as noites em uma cadeira ao lado de sua cama. Frequentemente, também, Pokróvski me dava livros. No início, eu os lia apenas para evitar adormecer, mas depois os examinei com mais atenção e, posteriormente, com avidez, pois me abriram um mundo novo, inesperado, desconhecido para mim. Novos pensamentos, somados a novas impressões, inundavam meu coração como uma torrente abundante; e quanto mais emoção, mais dor e trabalho me custava para assimilar essas novas impressões, mais queridas elas se tornavam para mim, e mais agradecidamente tocavam minha alma até suas profundezas. Invadindo meu coração sem lhe dar tempo nem para respirar, faziam com que todo o meu ser se perdesse em um maravilhoso caos. No entanto, essa "violência" não era suficientemente forte para me desestruturar completamente. Eu era sonhadora demais, e isso me salvou.

Quando terminou a doença de minha mãe, os encontros noturnos e as longas conversas entre mim e Pokróvski chegaram ao fim. Apenas ocasionalmente trocávamos algumas palavras um com o outro — palavras, na maioria das vezes, de pouco conteúdo ou substância, mas às quais me deleitava atribuir vários significados, valores secretos peculiares. Minha vida agora estava plena — eu estava feliz; calma e tranquilamente feliz. Assim, várias semanas se passaram...

Um dia, o velho Pokróvski veio nos ver e conversou conosco por um tempo, estava excepcionalmente alegre e falante. Ele ria, lançava piadas e, finalmente, revelou o segredo de seu entusiasmo informando-nos que em uma semana seria o aniversário de seu Petienka, quando, em homenagem à ocasião, ele (o pai) pretendia usar uma jaqueta nova (bem como botas novas que sua esposa iria comprar para ele) e vir nos visitar. Em resumo, o velho estava completamente feliz e tagarelava sobre qualquer coisa que lhe viesse à cabeça.

O aniversário do meu amado! A partir daí, não consegui descansar nem de dia, nem de noite. Acontecesse o que acontecesse, era minha intenção fixa lembrar Pokróvski de nossa amizade, dando-lhe um presente. Mas que tipo de presente? Finalmente, decidi dar-lhe livros. Eu sabia que ele há muito queria uma coleção completa das obras de Púchkin, na última edição; então, decidi comprá-los. Em minha reserva havia trinta rublos, ganhos de trabalhos manuais, destinados eventualmente a um novo vestido, mas imediatamente enviei nossa cozinheira, a velha Matriona, para verificar o preço de tal edição. Horrores! O preço dos onze volumes, adicionado à despesa extra com a encadernação, somaria pelo menos sessenta rublos! De onde viria o dinheiro? Pensei e pensei, mas não consegui me decidir. Não queria recorrer à minha mãe. Claro que ela me ajudaria, mas nesse caso todos na casa ficariam sabendo do meu presente, e ele em si assumiria a aparência de uma recompensa — de pagamento pelos trabalhos de Pokróvski em meu nome durante o ano passado; enquanto eu queria poder dá-lo sozinha, e sem o conhecimento de ninguém. Pelo trabalho que ele havia feito comigo, eu queria ser sua devedora perpétua — não fazer nenhum pagamento a ele, exceto minha amizade. Por fim, pensei em uma saída para o problema.

Eu sabia que nas livrarias de segunda mão no Gostiny Dvor[12]*, às vezes se podia comprar um livro — mesmo um que tivesse sido pouco usado e estivesse quase inteiramente novo — pela metade do preço, desde que se negociasse o suficiente; portanto, decidi ir até lá. Aconteceu que, no dia seguinte, tanto Anna Fedorovna quanto nós precisávamos de vários artigos; e como minha mãe estava doente e Anna era preguiçosa, a tarefa recaiu sobre mim, e parti com Matriona.*

Por sorte, logo encontrei um conjunto de volumes do Púchkin, lindamente encadernado, e comecei a barganhar por ele. No início, o preço exigido era maior do que o de uma loja comum; mas depois — embora não facilmente e sem várias ameaças de ir embora — induzi o vendedor a baixar seu preço e a limitar suas demandas a dez rublos em prata. Como me alegrei por ter conseguido negociar! A pobre Matriona não tinha como saber o que acontecia comigo, nem por que eu desejava tanto comprar livros. Mas, ah! Que tristeza! Assim que o vendedor viu meus trinta rublos, recusou-se a vender por menos do que havia dito anteriormente; e embora, em resposta às minhas súplicas e

12 Local repleto de lojas no centro de São Petersburgo. (N. do T.)

protestos, ele houvesse cedido um pouco, fez isso apenas no valor de dois rublos e meio a mais do que eu possuía, enquanto jurava que estava fazendo a concessão apenas por minha causa, já que eu era "uma moça tão gentil", e não teria feito isso por mais ninguém no mundo. Pensar que apenas dois rublos e meio ainda estavam faltando! Eu poderia ter chorado de frustração. De repente, uma circunstância inesperada ocorreu para me ajudar em minha angústia.

Não muito longe, perto de outra mesa cheia de livros, notei o velho Pokróvski, e um aglomerado de quatro ou cinco vendedores de livros usados que o pegou completamente desprevenido, deixando-o totalmente atordoado. Cada um desses sujeitos estava oferecendo ao velho suas próprias mercadorias particulares; o que não ofereciam a ele! O pobre estava no meio deles, como se o estivessem oprimindo, e tinha a expressão de quem não sabia o que fazer com o que lhe estavam oferecendo. Aproximando-me dele, perguntei-lhe o que estava fazendo ali; o velho ficou encantado, pois gostava de mim (talvez) não menos do que gostava de Petienka.

"Estou comprando alguns livros, Varvára Alexeievna", disse ele, "Estou comprando-os para meu Petienka. Seu aniversário será em breve, e como ele gosta de livros, pensei em conseguir alguns para ele".

O velho sempre se expressava de maneira muito indireta, e na ocasião presente estava duplamente, terrivelmente confuso. De qualquer livro que ele perguntasse o preço, certamente seria um, dois ou três rublos. Os livros maiores ele não podia pagar de jeito nenhum; só podia olhar para eles com tristeza, mexer em suas folhas com o dedo, virar os volumes em suas mãos e então recolocá-los. "Não, não, isso é muito caro", ele murmurava baixinho. "Eu preciso ir e tentar em outro lugar." Então, novamente, ele voltava a examinar cadernos, coleções de poemas e almanaques do tipo mais barato.

"Por que você compraria coisas assim?", eu lhe perguntei. "São tão ruins!"

"Não, não!", ele respondeu. "Veja que livros bons há aqui! Sim, são livros bons!" No entanto, essas últimas palavras ele pronunciou tão vagarosamente que notei estar prestes a chorar de frustração, vendo que os

melhores livros eram tão caros. Uma pequena lágrima já escorria por suas bochechas pálidas e nariz vermelho. Perguntei quanto ele tinha de dinheiro consigo; então, o pobre velho puxou tudo o que tinha, embrulhado em um pedaço de jornal sujo: algumas moedas de prata e vinte copeques em cobre. De uma vez agarrei tudo, e, arrastando-o para o meu vendedor, disse: "Olhe aqui. Esses onze volumes de Púchkin estão cotados em trinta e dois rublos e meio, e eu tenho apenas trinta. Vamos adicionar a eles esses dois rublos e meio seus, comprar os livros juntos, e fazer deles o nosso presente." O velho ficou muito feliz; entregamos todo o dinheiro e o vendedor nos deu a nossa pequena biblioteca. Enchendo seus bolsos e braços com ela, ele partiu para casa com seu prêmio, depois de me dar sua palavra que traria os livros para mim no dia seguinte, em segredo.

No dia seguinte, o velho veio ver seu filho e ficou com ele, como de costume, por cerca de uma hora; depois disso, ele nos visitou, com uma expressão cômica, a mais misteriosa concebível. Sorrindo amplamente de satisfação com a ideia de que ele estava guardando um segredo, informou-me que havia trazido furtivamente os livros e os escondido em um canto da cozinha, sob os cuidados de Matriona. Em seguida, de forma natural, a conversa passou para o dia da festa; então, o velho começou a discorrer extensivamente sobre o assunto dos presentes. Quanto mais ele se aprofundava no que dizia, mais claramente eu podia ver que em sua mente havia algo que não podia, não ousava, divulgar. Então, esperei e fiquei em silêncio. A exaltação misteriosa, a satisfação reprimida que eu havia até então discernido em suas travessuras, caretas e piscadelas com o olho esquerdo desapareceram gradualmente, e ele começou a ficar momentaneamente mais ansioso e inquieto. Por fim, não conseguiu mais se conter.

"Ouça...", disse ele timidamente. "Ouça o que tenho a dizer, Varvára Alexeievna. Quer saber, Varvára Alexeievna?", o velho estava terrivelmente confuso. "Veja bem, quando chegar o aniversário dele, pegue os dez livros e os entregue você mesma, ou seja, como seu próprio presente. Tomarei, então, o décimo primeiro livro e o darei como meu, isto é, de minha parte."

"Por que você não quer que apresentemos nossos presentes juntos, Zakhar Petrovitch?", eu lhe perguntei.

"Ah, tudo bem", ele respondeu. "Tudo bem, Varvára Alexeievna. Só... só, pensei que..."

O velho interrompeu-se em confusão, enquanto seu rosto se avermelhava com o esforço que fazia para se expressar. Por um momento ou dois ele ficou colado à sua cadeira.

"Você sabe", ele continuou, "eu brinco demais. Estou sempre brincando e não consigo me conter, embora saiba que é errado fazer isso. Em casa, muitas vezes está frio, e às vezes há outros problemas também, e tudo isso me deixa deprimido. Bem, sempre que isso acontece, eu me entrego à situação e ocasionalmente bebo demais. Isso desagrada muito a Petrusha. Veja bem, Varvára Alexeievna, ele fica com raiva, me repreende e me dá lições de moral. Então eu quero, com meu presente, mostrar a ele que estou mudando meus caminhos e começando a me comportar melhor. Por muito tempo, venho economizando para comprar um livro para ele... Sim, por muito tempo, pois raramente tenho dinheiro, a menos que Petienka me dê algum. Ele sabe disso e, consequentemente, assim que perceber o uso que dei ao dinheiro dele, entenderá que foi por amor a ele que agi".

Meu coração doía pelo velho. Vendo-o olhar para mim com tanta ansiedade, tomei minha decisão sem demora.

"Sim, ouça, Zakhar Petrovich", eu disse. "Você dará a ele todos os livros."

"TODOS?", ele exclamou. "TODOS os livros?"

"Sim, todos eles."

"Como meu próprio presente?"

"Sim, como seu próprio presente."

"Como meu presente, apenas?"

"Sim, como seu presente, apenas."

Certamente eu havia falado com clareza o suficiente, mas o velho levou muito tempo para entender.

"Bem", disse ele, depois de refletir, "isso certamente seria esplêndido... certamente seria o mais esplêndido. Mas, e você, Varvára Alexeievna?"

"Ah, eu não darei nada ao seu filho."

"O quê?", ele gritou alarmado. "Você não dará nada a Petienka... Não quer dar nada a ele?" Tão perturbado estava o velho com o que eu havia dito, que ele parecia quase pronto para renunciar à sua própria proposta se apenas eu desse algo ao filho dele. Que coração bondoso ele tinha! Apressei-me em garantir a ele que certamente teria algum tipo de presente pronto, já que meu único desejo era evitar estragar seu prazer.

"Contanto que seu filho fique satisfeito", acrescentei, "e que você fique satisfeito, eu também ficarei satisfeita, pois em meu coração sentirei como se tivesse dado o presente eu mesma".

Isso tranquilizou completamente o velho. Ele ficou conosco mais algumas horas, mas não conseguiu ficar parado por um momento, e continuou saltando da cadeira, rindo, fazendo piadas com Sasha, dando beijos furtivos em mim, beliscando minhas mãos e fazendo caretas silenciosas para Anna Fedorovna. Por fim, ela o expulsou de casa. Em resumo, sua alegria excedeu tudo o que eu havia visto antes.

No dia da festa, ele chegou exatamente às onze horas, direto da missa. Vestia um casaco cuidadosamente remendado, um colete novo e um par de botas novas, enquanto em seus braços carregava nossa pilha de livros. Em seguida, todos nos sentamos para tomar café (o dia sendo domingo) na sala de estar de Anna Fedorovna. O velho iniciou dizendo que Púchkin era um poeta magnífico. Depois disso, com um retorno à timidez e confusão, passou repentinamente à afirmação de que um homem deveria se comportar adequadamente; que, se não o fizesse, isso poderia ser tomado como um sinal de que ele estava de alguma forma se excedendo; e que tendências malignas desse tipo levavam o homem à sua ruína e degradação. Então, o orador esboçou, para nosso benefício, alguns exemplos terríveis de tal incontinência, e concluiu informando-nos que, já há um tempo, ele havia mudado e estava se comportando de maneira exemplar, pois percebeu a justiça nas falas de seu filho e as havia guardado tão bem que ele, o pai, realmente tinha melhorado: como prova disso, agora apresentava ao referido filho alguns livros para os quais estava reservando suas economias.

Ao ouvir o velho, não pude deixar de rir e chorar ao mesmo tempo. Certamente ele sabia como mentir quando a ocasião requeria! Os livros foram transferidos para o quarto do filho e arrumados em uma prateleira. Pokróvski imediatamente descobriu a verdade sobre eles. Então, o velho foi convidado para jantar e todos passamos um dia alegre juntos, jogando cartas e charadas. Sasha estava toda brincalhona, e eu a acompanhava. Pokróvski foi atencioso comigo, e continuava procurando uma ocasião para falarmos a sós. Mas me recusei a permitir que isso acontecesse. Sim, considerando tudo, foi o dia mais feliz que vivi em quatro anos.

Mas agora só vêm à minha lembrança memórias dolorosas, pois devo entrar no capítulo mais sombrio de minhas experiências. Pode ser que seja por isso que minha pena começa a se mover mais lentamente, como se completamente se recusasse a escrever. A mesma razão pode explicar por que empreendi tão amorosa e entusiasticamente uma narração até mesmo dos menores detalhes de meus dias mais jovens e felizes. Mas, infelizmente, esses dias não duraram muito e foram sucedidos por um período de tristeza obscura que só Deus sabe quando irá terminar!

Minhas desgraças começaram com a doença e a morte de Pokróvski, que piorou dois meses após o que acabo de registrar nessas memórias. Durante esses dois meses, ele trabalhou arduamente para garantir seu sustento, pois até então não tinha uma posição assegurada. Como todos os tuberculosos, ele nunca — nem mesmo até seu último momento — abandonou completamente a esperança de poder desfrutar de uma vida longa. Um cargo de professor surgiu em algum lugar, mas ele nunca gostou da profissão; enquanto tornar-se um funcionário público estava fora de questão, devido ao seu estado frágil de saúde. Além disso, ele teria que esperar muito tempo pelo seu primeiro pagamento. Novamente, ele sempre olhava para o lado mais sombrio das coisas, pois seu caráter estava sendo gradualmente distorcido e sua saúde minada por sua doença, embora ele nunca percebesse isso. Então veio o outono, e diariamente ele saía para "trabalhar" — ou seja, para se candidatar a vagas de emprego —, vestindo apenas uma jaqueta leve; assim sendo, após se encharcar repetidamente com as chuvas, teve que se deitar e nunca mais se levantou. Ele morreu ainda em meados do outono, no final do mês de outubro.

Durante sua doença, eu quase nunca deixava seu quarto; cuidei dele dia e noite. Muitas vezes, ele não conseguia dormir por várias noites seguidas. Muitas vezes, também, ficava inconsciente ou delirava; e nessas ocasiões falava sobre todo tipo de coisas — sobre seu trabalho, sobre seus livros, sobre seu pai, sobre mim. Nessas ocasiões, aprendi muito sobre ele; coisas que até então não teria como saber. Durante o início de sua doença, todos na casa me olhavam de soslaio, e Anna Fedorovna balançava a cabeça de uma maneira significativa; mas, sempre olhei para eles diretamente nos olhos, e gradualmente pararam de prestar atenção à minha preocupação com Pokróvski. Pelo menos minha mãe parou de se preocupar com isso.

Às vezes, Pokróvski sabia quem eu era, mas não frequentemente, pois mais comumente ele estava inconsciente. Às vezes, também, ele falava a noite toda com alguma pessoa desconhecida, em uma linguagem obscura e misteriosa que fazia sua voz ofegante ecoar roucamente pelo quarto estreito, como por um sepulcro; e nessas ocasiões, achei a situação estranha. Durante sua última noite, ele estava especialmente delirante; estava em terrível agonia e continuava falando incoerentemente, até que minha alma foi dilacerada pela pena. Todo mundo na casa estava alarmado, e Anna Fedorovna rezava para que Deus logo o levasse. Quando o médico foi chamado, disse-nos que o paciente morreria pela manhã.

O velho Pokróvski passou aquela noite no corredor, na porta do quarto de seu filho. Embora tivessem lhe dado um colchão para se deitar, ele ficava correndo para dentro e para fora do quarto. Era assustador olhar para ele. Estava tão inconsolável que parecia completamente desprovido de emoção e sentido. Sua cabeça mal suportava a agonia, e seu corpo tremia da cabeça aos pés, enquanto, às vezes, ele murmurava algo como se estivesse debatendo consigo mesmo. A cada momento eu esperava vê-lo enlouquecer. Pouco antes do amanhecer, ele sucumbiu ao estresse da agonia e adormeceu em seu colchão como um homem que tivera sido espancado; mas, às oito horas, o filho estava à beira da morte, e corri para acordar o pai. O homem moribundo estava completamente consciente e se despediu de todos nós. De alguma forma, não consegui chorar, embora meu coração parecesse estar se partindo.

Os últimos momentos foram os mais angustiantes, comovendo a todos nós. Por algum tempo, Pokróvski vinha pedindo por algo com sua língua falha, mas eu não conseguia distinguir suas palavras. Meu coração dilacerava de tristeza. Então, por uma hora inteira, ele ficou mais quieto, exceto que olhou tristemente para mim e tentou fazer algum sinal com suas mãos frias como a morte. Por fim, ele tentou novamente seu pedido lastimável em uma voz rouca e profunda, mas as palavras saíram em tantos sons inarticulados, que mais uma vez não consegui adivinhar seu significado. Assim, trouxe cada membro da casa para o seu leito, e dei-lhe algo para beber, mas ele apenas sacudiu a cabeça tristemente. Finalmente, entendi o que ele queria. Estava me pedindo para puxar a cortina da janela e abrir as venezianas. Provavelmente, ele desejava dar uma última olhada na luz do dia e no sol; em todo o mundo de Deus. Afastei a cortina, mas o dia que começava era tão sombrio e triste — como a pobre vida de um moribundo. Não havia sol algum. Nuvens cobriam o céu como um véu nebuloso, e tudo parecia melancólico, chuvoso e ameaçador sob uma fina garoa que batia contra as vidraças e riscava suas superfícies escuras e opacas com gotas de umidade suja e fria. Os pálidos raios de luz mal penetravam na sala, e mal competiam com a luz trêmula da vela acesa diante daquela cena. O homem moribundo me lançou um olhar deprimente e assentiu. No momento seguinte, ele havia falecido.

O funeral foi organizado por Anna Fedorovna. Um caixão simples foi comprado e uma carruagem fúnebre alugada; enquanto, como garantia para essa despesa, ela apreendeu os livros do homem morto e outros artigos. No entanto, o velho disputou os livros com ela e, fazendo um alvoroço, carregou o máximo que pôde — enfiando os bolsos e até enchendo o chapéu. De fato, ele passou os três dias subsequentes com eles assim, e se recusou a deixá-los fora de sua vista mesmo quando era hora de ir à igreja. Durante todo o tempo, agiu como um homem privado de razão e memória. Com um cuidado curioso, ele se ocupou do caixão — ora endireitando o castiçal no peito do morto, ora acendendo e apagando as outras velas. Claramente seus pensamentos estavam dispersos demais para conseguir focar em qualquer assunto. Nem minha mãe e nem Anna Fedorovna estiveram presentes no funeral, pois a primeira estava doente e a última estava brigada com o velho. Só eu e o pai estávamos lá. Durante a cerimônia fúnebre, uma espécie de pânico, de pressentimento veio sobre mim, e mal consegui me manter de pé. Por fim, fecharam o caixão e pregaram-no, após o que colocaram-no em uma carroça e partiram. Acompanhei o cortejo apenas até o final da rua. Depois, o cocheiro saiu a trote, e o velho começou a correr atrás da carruagem — soluçando alto, mas com os movimentos de sua corrida fazendo os soluços se interromperem. Em seguida, ele perdeu o chapéu, mas não parou para pegá-lo, mesmo com a chuva batendo em sua cabeça, o vento aumentando e o granizo continuando a picar e açoitar seu rosto. Parecia insensível aos elementos cruéis enquanto corria de um lado para o outro da carruagem — seu velho casaco esvoaçando ao seu redor como um par de asas. De cada bolso sobressaíam livros, enquanto em sua mão ele carregava um volume especialmente grande, abraçando-o firmemente ao peito. Os transeuntes tiravam os chapéus e faziam o sinal da cruz enquanto o cortejo passava, e alguns deles, tendo feito isso, permaneciam olhando espantados para o pobre velho. De vez em quando, um livro escorregava de um de seus bolsos e caía na lama; alguém, então, detendo-o, chamava sua atenção para a perda, e ele parava, pegava o livro e novamente partia em perseguição à carruagem. Na esquina, uma velha esfarrapada se juntou a ele; até que, finalmente, a carruagem fez a curva e saiu de vista. Então, fui para casa e atirei-me, com uma angústia terrível, no peito de minha mãe — abraçando-

-a, beijando-a em meio a uma tempestade de soluços e lágrimas, e me agarrando à sua forma como se, em meus abraços, estivesse segurando minha última amiga na Terra, para que pudesse preservá-la da morte. No entanto, já a morte estava pairando sobre ela...

11 de junho

Devo expressar minha mais profunda gratidão pelo nosso encantador passeio às Ilhas ontem, Makar Alexievich! Foi tão revigorante estar cercada por tanta vegetação exuberante após uma longa ausência do mundo natural. Durante minha doença, houve momentos em que temi nunca me recuperar, suspeitando que a morte estava próxima. Imagine, então, a alegria e o profundo alívio de ontem!

No entanto, devo confessar que houve momentos de tristeza inexplicável no meio da minha felicidade. Apesar da beleza ao nosso redor, encontrei-me sobrecarregada por um sentimento de melancolia. O céu pálido e claro, o sol poente, a noite tranquila — todas essas coisas, belas como eram, de alguma forma me levaram à tristeza, de modo que meu coração transbordou e minha alma pediu por lágrimas.

Pergunto-me por que compartilho esses pensamentos com o senhor, pois é difícil articulá-los, mas ainda mais difícil mantê-los para mim. Talvez o senhor possa entender essa mistura de lágrimas e risos que me preenche.

Makar, sua gentileza de ontem não passou despercebida. Toda vez que parávamos, fosse perto de alguns arbustos, em uma alameda encantadora ou ao lado de um riacho, o senhor olhava para mim com uma expressão de alegria, como se compartilhasse comigo as partes mais preciosas do seu mundo. Seu olhar parecia dizer que se alegrava com minha felicidade, e aqueceu meu coração ver tanta compaixão em seus olhos.

Infelizmente, hoje estou me sentindo mal novamente; molhei meus pés e acabei pegando um resfriado. Fedora também não está bem; estamos ambas bastante adoentadas. Por favor, não se esqueça de mim neste momento em que estou confinada dentro de casa mais uma vez. Visite-me sempre que puder.

Com todo meu afeto,

Sua,

V. A.

12 de junho

Minha queridíssima Varvára Alexeievna!

Eu imaginava que você fosse descrever nosso encontro do outro dia em versos; no entanto, recebi apenas uma folha de escrita. Mesmo assim, devo dizer que, por mais breve que seja seu conteúdo, é expresso com rara bondade e doçura. A natureza, a descrição das cenas rurais, a análise de seus próprios sentimentos — tudo foi lindamente escrito. Ai de mim, não tenho tal talento! Embora eu possa encher uma dúzia de páginas, não resultam em nada. Já tentei.

Você escreve, minha querida, que sou bondoso e gentil, que não poderia prejudicar meus semelhantes, que tenho o poder de compreender a bondade de Deus que se manifesta na natureza e assim por diante. É tudo verdade, minha querida — é exatamente como você diz. De fato, acho que você está certa. Mas, se for assim, a razão é que, ao ler uma carta como a que você acabou de me enviar, o coração involuntariamente se amolece e abre espaço para pensamentos mais dolorosos. Ouça, querida; tenho algo para lhe contar, meu anjinho.

Deixe-me começar com o fato de que eu tinha apenas dezessete anos quando me apresentei ao serviço público — embora em breve completarei trinta anos de carreira. Ora, não posso reclamar; já gastei bastante meu uniforme, amadureci, fiquei mais sábio, virei um homem, vivi. Também posso dizer que vivi bastante — tanto que acabei sofrendo perseguição. Você pode não acreditar, minha querida, mas é verdade. E pensar que existem homens tão cruéis! Eu vou lhe dizer, meu benzinho, que, embora eu seja uma pessoa chata e sem importância, tenho sentimentos como qualquer outro. Consequentemente, você acreditaria, Varenka, se eu lhe dissesse o que esses homens cruéis fizeram comigo? Sinto vergonha de contar-lhe — e tudo porque sou humilde, pacífico e tenho um bom coração! Tudo começou com "Dizem que você, Makar Alexievitch, é isso e aquilo." Depois passou a "Nem preciso dizer que Makar Alexievitch é isso e aquilo." Finalmente tornou-se "Claro que é Makar Alexievitch." Aqui, minha querida, você consegue ter um vislumbre do que aconteceu: cada erro foi atribuído a mim, até "Makar Alexievitch" se tornar motivo de riso em nosso departamento. Além disso, enquanto me faziam de provérbio e quase de palavrão, esses companheiros encontravam defeitos em minhas botas, em meu uniforme, em meu cabelo, em minha figura. Nada era do gosto deles: tudo tinha que ser mudado. E tem sido assim desde aquele dia até hoje. Agora me acostumei, pois posso me acostumar com qualquer coisa, sendo, como você sabe, um homem pacífico, como todos os homens de baixa estatura — mas de que serve tudo isso? A quem prejudiquei? Já difamei alguém para seus superiores? Não; o erro foi que, mais de uma vez, pedi um aumento de salário. Mas alguma vez fiz isso de forma ilegal? Não, você estaria errada em pensar isso, minha querida. Como eu poderia ter feito isso? Você mesma teve muitas oportunidades de ver como sou incapaz de enganar ou trapacear. Por que, então? Qual o motivo de isso ter acontecido comigo...? No entanto, como você me considera digno de respeito, minha flor, não me importo, pois você é de longe a melhor pessoa do mundo... Qual você considera ser a maior virtude social? Em uma conversa particular, Ievstáfi Ivanovitch uma vez me disse que a maior virtude social poderia ser a capacidade de se conseguir dinheiro para gastar. Além disso, meus camaradas costumavam propor, em tom de brincadeira (sim, eu sei que era apenas em tom de brincadeira), o princípio ético de que um homem nunca deve se tornar um fardo para ninguém. Bem, eu não sou um fardo para ninguém. É meu próprio pedaço de pão que eu como; e, embora esse pedaço seja simples e às vezes até velho, pelo menos foi obtido através do trabalho, e, portanto, cumpre seu papel de forma correta e legal. O que, portanto, devo fazer? Sei que posso ganhar pouco com meus trabalhos como copista; ainda assim, mesmo desse pouco, tenho orgulho, pois envolveu trabalho e suor. Qual é o mal em ser um copista? "Ele está apenas reescrevendo", as pessoas dizem de mim. Mas o que há de tão vergonhoso nisso? Pelo menos minha escrita é legível, ordenada e agradável de se ver — e Sua Excelência está satisfeita com ela. De fato, transcrevo muitos documentos importantes. Ao mesmo tempo, sei que minha escrita carece de estilo, e é por isso que nunca subi de cargo. Até para você, minha queridinha, eu escrevo de forma simples e sem floreios, mas apenas conforme o pensamento ocorre em minha cabeça. Sim, eu sei de tudo isso; mas se todo mundo fosse se tornar um bom escritor, quem restaria para trabalhar como copista...? Quaisquer perguntas que eu possa fazer a você em minhas cartas, querida, peço-lhe que as responda. Tenho certeza de que você precisa de mim, que posso ser útil para você; e, sendo assim, não devo me deixar distrair por ninharias. Mesmo que eu seja comparado a um rato, não me importo, contanto que esse rato específico seja necessário para você, seja útil no mundo, seja mantido em sua posição e receba sua recompensa. Mas que rato é esse!

No entanto, chega de falar sobre esse assunto, minha querida. Não deveria ter falado sobre isso, mas perdi a paciência. Ainda assim, é agradável falar a verdade às vezes. Adeus, minha querida, minha queridinha, minha gentil consoladora! Vou visitá-la em breve — sim, certamente irei visitá-la. Até lá, não se aflija. Trarei um livro comigo. Mais uma vez, adeus.

Seu cordial simpatizante,

Makar Diévuchkin.

20 de junho

Prezado senhor Makar Alexievitch!

Escrevo-lhe às pressas, pois estou correndo para terminar meu trabalho a tempo. Por qual motivo acha que faço isso? Faço pois lhe surgiu uma oportunidade de compra esplêndida. Fedora me disse que um funcionário público aposentado, seu conhecido, tem um uniforme para vender — praticamente novo: uma roupa de baixo, um colete e um chapéu; e, dizem que provavelmente deve estar muito barato. Agora, não me diga que não tem dinheiro, pois eu sei pela sua própria boca que o senhor tem. Use esse dinheiro, eu lhe peço, e não o guarde. Veja em que roupas terríveis você anda! Elas são vergonhosas — estão remendadas por todo lado! Na verdade, o senhor não tem nada novo. Eu sei disso com certeza, e não me importa o que me diga. Então, me ouça desta vez e compre esse uniforme. Faça isso por mim. Faça isso para mostrar que realmente me ama.

O senhor me enviou algumas roupas como presente. Mas ouça-me, Makar Alexievitch. O senhor está simplesmente se arruinando. Não é brincadeira o tanto de dinheiro que gastou comigo, é um absurdo quanto dinheiro! Como gosta de bancar o esbanjador! Digo que não preciso disso, que tal despesa é desnecessária. Eu sei, eu tenho certeza de que me ama — portanto, é inútil me lembrar desse fato com presentes. Eu também não gosto de recebê-los, pois sei quanto eles devem ter lhe custado. Não — use seu dinheiro para um propósito melhor. Eu imploro, eu suplico que faça isso. Além disso, o senhor me pediu para enviar a continuação das minhas memórias, para concluí-las. Mas eu não sei como consegui escrever até mesmo o tanto que escrevi; e agora não tenho forças para escrever mais sobre meu passado, nem o desejo de pensar nele. Tais recordações são terríveis para mim. O mais difícil de tudo é falar da minha pobre mãe, que deixou sua filha desamparada à mercê desses monstros. Meu coração sangra sempre que penso nisso; está tão fresco em minha memória que não consigo afastar os pensamentos, muito menos encontrar paz, embora já tenha se passado um ano desde os acontecimentos. Mas de tudo isso o senhor sabe.

Também contei-lhe o que Anna Fedorovna está aprontando agora. Ela me acusa de ingratidão e nega as acusações feitas contra ela em relação ao Sr. Bikov. Além disso, ela continua me chamando para sua casa e dizendo que estou mendigando, que tomei um caminho ruim, mas que se eu voltar para ela, ela resolverá toda a situação com Bikov e o forçará a reparar todo o mal que me causou. Também diz que ele deseja me dar um dote. Que se danem todos eles! Estou bastante feliz aqui com o senhor e com a boa Fedora, cuja devoção a mim me lembra minha antiga babá, há muito falecida. Embora o senhor seja um parente distante, sempre me protege com o seu nome. Quanto a eles, não os conheço e gostaria de esquecê-los se pudesse... O que mais querem de mim? Fedora diz que tudo isso é um truque e que, com o tempo, eles me deixarão em paz. Que Deus permita que seja assim!

V. D.

21 de junho

Minha pombinha, minha rainha!

Quero escrever para você, mas não sei por onde começar. Afinal, que estranho, querida, viver assim agora. Também gostaria de acrescentar que nunca em minha vida passei dias tão felizes quanto os que estou vivendo atualmente. É como se Deus tivesse me abençoado com uma casa e uma família própria! Sim, você é o meu docinho, minha linda! Mas por que mencionar os quatro míseros rublos que lhe enviei? Você precisava deles; sei disso por Fedora, e sempre será um prazer para mim poder satisfazê-la, minha querida, em qualquer coisa. Sempre será minha única felicidade na vida. Portanto, deixe-me ter essa felicidade e não tente contrariar-me nisso. Nunca aconteceu algo assim, minha querida. Agora eu estou no mundo. Em primeiro lugar, vivo em dobro pois estou vivendo tão perto de você que quase estamos juntos (o que é um grande consolo para minha mente), enquanto, em segundo lugar, um vizinho meu chamado Ratazaiév (o funcionário aposentado que promove os encontros literários) me convidou hoje para um chá. Portanto, esta noite haverá um encontro no qual vamos ler literatura! Aqui estamos agora, querida, aqui estamos! Bem, agora me despeço. Escrevi isso sem nenhum objetivo definido em mente, mas apenas para assegurar-lhe que estou bem. Por meio de Teresa, recebi sua mensagem de que precisa de seda colorida para bordar, então irei comprá-la. Sim, amanhã mesmo pretendo ir às compras e assim me dar o prazer de ter satisfeito uma de suas necessidades. Sei até onde vou comprar. Por enquanto, permaneço seu sincero amigo,

Makar Diévuchkin.

22 de junho

Prezada senhorita Varvára Alexeievna!

Preciso contar-lhe que um evento triste aconteceu nesta casa — um evento que desperta a mais profunda piedade. Esta manhã, por volta das cinco horas, um dos filhos de Gorshkov morreu. Só não sei do que foi; escarlatina, ou algo do tipo. Fui fazer uma visita de condolências aos pais e os encontrei vivendo na mais extrema pobreza e desordem. Isso não me surpreende, considerando que a família vive em um único cômodo, dividido apenas por um biombo por uma questão de decência. O caixão já estava entre eles — era simples, mas bastante bonito, que havia sido comprado pronto. Disseram-me que a criança era um menino de nove anos, cheio de esperanças. É uma pena olhar para eles, Varenka! Embora não estivesse chorando, a mãe, pobre mulher, parecia devastada pela tristeza. Pode ser mais fácil para eles agora que têm um fardo a menos nos ombros, embora ainda restem duas crianças — um bebê no peito e uma menina de seis anos! Como é doloroso ver essas crianças sofrendo e não poder ajudá-las! O pai, vestido com um velho sobretudo sujo, estava sentado em uma cadeira quase caindo aos pedaços. Lágrimas corriam por suas bochechas — mais por uma questão crônica nos olhos do que por tristeza. Ele também estava tão magro! Sempre fica com o rosto corado quando é abordado e fica confuso demais para responder. Uma menininha, sua filha, estava encostada no caixão — seu rosto parecia tão cansado e pensativo, coitadinha! Sabe, querida Varenka, eu não suporto ver uma criança com um olhar pensativo; é desagradável de observar! No chão, jazia uma boneca de pano, mas não estava brincando com ela; imóvel, a menina permaneceu lá, com o dedo na boca. Nem mesmo um bombom que a senhoria lhe deu ela estava comendo. Não é tudo muito triste, Varenka?

Makar Diévuchkin.

25 de junho

Caro Makar Alexievitch!

Estou devolvendo o seu livro. Na minha opinião, este livrinho é inútil e prefiro não tê-lo em minha posse. De onde o senhor desenterrou este tesouro? Brincadeiras à parte, esses livros realmente lhe agradam, Makar Alexievitch? No entanto, agora o senhor prometeu enviar-me algo diferente para ler. Vou dividir o valor disso com o senhor. Agora, adeus até nos encontrarmos novamente. Não tenho mais nada a dizer.

V. D.

26 de junho

Querida Varenka!

Para dizer a verdade, eu mesmo não li o livro do qual você fala. Embora eu tenha começado a ler, logo vi que era um absurdo, escrito apenas para fazer as pessoas rirem. "No entanto", pensei, "pelo menos é uma obra divertida e, portanto, pode agradar a Varenka." É por isso que eu o enviei para você.

Ratazaiév prometeu me dar algo realmente literário para ler; então, em breve, você terá seu livro, minha querida. Ratazaiév é um sujeito inteligente, querida; além de ser ele mesmo um escritor — nossa, e que escritor! Sua pena é tão viva e cheia de estilo — mesmo quando escreve os artigos mais banais, mais insignificantes — que eu muitas vezes comentei sobre o fato, tanto com Faldoni quanto com Teresa. Muitas vezes, também, tenho passado a noite com ele. Ele lê em voz alta para nós até às cinco da manhã, e nós o ouvimos. É uma revelação em vez de uma leitura. É encantador, é como um buquê de flores — há um buquê de flores em cada linha de cada página. Além disso, ele é tão gentil, cortês, bondoso! O que sou eu comparado a ele? Nada, simplesmente nada! Ele é um homem de reputação, enquanto eu — bem, eu simplesmente não existo. No entanto, ele é bom comigo. Neste momento estou copiando um documento para ele. Mas você não deve pensar que ele acha difícil ser condescendente comigo, que sou apenas um copista. Não, você não deve acreditar nas fofocas infames que ouve. Eu faço trabalhos de cópia para ele simplesmente para me agradar, assim como para que ele me note — uma coisa que sempre me dá prazer. Eu aprecio a delicadeza de sua posição. Ele é um homem bom — muito bom — e um escritor incomparável.

Que coisa esplêndida é a literatura, Varenka — que coisa esplêndida! Isso eu aprendi antes mesmo de conhecer Ratazaiév. Ela fortalece e instrui o coração do homem... Não importa o que haja no mundo, você encontrará tudo escrito nas obras de Ratazaiév. E tão bem escrito, também! A literatura é uma espécie de quadro, uma espécie de espelho. Ela é, ao mesmo tempo, paixão, expressão, boa crítica, bom aprendizado e um documento. Sim, aprendi isso com o próprio Ratazaiév. Posso garantir, Varenka, que se você estivesse sentada entre nós, ouvindo a conversa (enquanto, como o resto de nós, fumasse um cachimbo), e ouvisse os presentes a argumentar e discutir sobre diferentes assuntos, se sentiria tão insignificante entre eles quanto eu; pois eu mesmo só apareço lá como um tolo, e me sinto envergonhado, já que levo uma noite inteira para pensar numa única palavra para intercalar — e mesmo assim a palavra não vem! Nesse caso, um homem se arrepende de que, como diz o provérbio, a idade venha, mas a sabedoria nem sempre... O que faço no meu tempo livre? Eu durmo como um tolo, embora preferisse estar ocupado com outra coisa — digamos, comendo ou escrevendo; sendo útil para mim, e benéfico para os outros. Você deveria ver quanto dinheiro esses caras cobram, Deus os perdoe! Se ao menos Ratazaiév aceitasse! Poucos dias de escrita, me disseram, podem render-lhe até trezentos rublos! De fato, se um homem for escritor de contos ou qualquer outra coisa interessante, ele pode, às vezes, embolsar quinhentos rublos, ou mil, de uma só vez! Pense nisso, Varenka! Ratazaiév tem um pequeno manuscrito em versos, e por ele está pedindo — adivinhe só? — sete mil rublos! Ora, você poderia comprar uma casa inteira com essa quantia! Ele até recusou cinco mil por um outro manuscrito, e nessa ocasião eu discuti com ele, aconselhando-o a aceitar os cinco mil. Mas foi inútil. "Pois", disse ele, "em breve eles me oferecerão sete mil", e manteve seu ponto de vista, pois é um homem de grande determinação.

Suponha, agora, que eu fosse lhe dar um esboço de *Paixões Italianas* (como se chama outra obra dele). Leia isso, querida Varenka, e julgue por si mesma:

Vladimir estremeceu, pois em suas veias a luxúria da paixão tinha subido até atingir o ponto de ebulição.

"Condessa", ele gritou, "você sabe quão terrível é essa paixão minha, como é infinita essa loucura? Não! Minhas fantasias não me enganaram — eu a amo com êxtase, diabolicamente, como um louco! Todo o sangue do seu marido nunca poderia apagar o furioso, borbulhante deleite que está em minha alma! Nenhum obstáculo insignificante poderia frustrar a chama infernal, que tudo destrói e que está consumindo meu peito exausto! Oh Zinaida, minha Zinaida!"

"Vladimir!", ela sussurrou, quase fora de si, enquanto se afundava em seu peito.

"Minha Zinaida!", gritou o encantado Smelsky mais uma vez.

Sua respiração vinha em ofegos cortantes e entrecortados. A lâmpada do amor queimava intensamente no altar da paixão, e queimava os corações dos dois infelizes sofredores.

"Vladimir!", a condessa sussurrou em êxtase, enquanto seu peito arfava, suas bochechas brilhavam e seus olhos ardiam.

Assim foi consumada uma nova e terrível união.

Meia hora depois, o velho conde entrou no boudoir de sua esposa.

"E então, querida", disse ele, "não devo pedir um samovar para o nosso querido convidado?" E ele bateu levemente em sua bochecha.

Bom, vou lhe perguntar, querida, depois disso, o que você acha? É verdade, é um pouco explícito demais — não há dúvidas disso; ainda assim, como é grandioso, como é esplêndido! Com sua permissão, também citarei um trecho de *Ermak e Zuleika*:

"Você me ama, Zuleika? Diga novamente que você me ama, diga!"

"Eu o amo, Ermak", sussurrou Zuleika.

"Então, pelo céu e pela terra eu agradeço! Pelo céu e pela terra você me fez feliz! Você me deu tudo, tudo o que minha alma torturada procurava por anos imemoriais! É por isso que você me conduziu até aqui, minha estrela guia — é por isso que você me conduziu até o Cinturão de Pedras! Para todo o mundo vou agora mostrar minha Zuleika, e nenhum homem, demônio ou monstro do inferno poderá me negar! Oh, se os homens pudessem entender as paixões misteriosas de seu tenro coração, e ver o poema que se esconde em cada uma de suas pequenas lágrimas! Permita-me secar essas lágrimas com meus beijos! Permita-me beber dessas gotas celestiais, ó ser que não é deste mundo!"

"Ermak", disse Zuleika, "o mundo é cruel, e os homens são injustos. Mas deixe-os nos expulsar do meio deles — deixe-os nos julgar, meu amado Ermak! O que uma pobre donzela criada entre as neves da Sibéria, na iurta de seu pai, tem a ver com seu mundo frio, gelado, desalmado e sem amor? Os homens não podem me entender, meu querido, meu amor."

"É mesmo? Então a espada dos cossacos cantará e assobiará sobre suas cabeças!", gritou Ermak com um olhar furioso.

O que Ermak deve ter sentido quando soube que sua Zuleika havia sido assassinada, Varenka? Que, aproveitando a escuridão da noite, o velho e cego Kuchum, na ausência de Ermak, invadiu a tenda deste último e esfaqueou sua própria filha por engano, pensando ser o homem que o havia roubado o cetro e a coroa?

"Ah, se eu tivesse uma pedra para afiar minha espada!", gritou Ermak em um frenesi selvagem enquanto tentava afiar sua lâmina de aço na rocha encantada. "Eu quero seu sangue, seu sangue! Eu o rasgarei membro por membro, vilão!!!"

Então Ermak, incapaz de sobreviver à perda de sua Zuleika, se joga no Irtysh[13], e a história chega ao fim.

---

13 O Irtysh é um dos maiores rios da Ásia, localizado na região da Sibéria. Ele nasce na China, atravessa o Cazaquistão e deságua no rio Ob, na Rússia. (N. do R.)

Aqui, novamente, está outro trecho curto — desta vez escrito em um tom mais cômico, para fazer as pessoas rirem:

"Você conhece Ivan Prokofievitch Zheltopuzh? Ele é o homem que tirou um pedaço da perna de Prokofy Ivanovitch. Ivan Prokofievitch é um homem de caráter rude e, portanto, é bastante carente de virtudes. No entanto, ele tem um gosto apaixonado por rabanetes e mel. Uma vez ele também teve uma amiga chamada Pelageya Antonovna. Você conhece Pelageya Antonovna? Ela é a mulher que sempre coloca a saia do avesso."

Isso é hilário, Varenka, simplesmente hilário! Nós rolamos de rir quando ele leu isso em voz alta para nós. Sim, esse é o tipo de homem que ele é. Possivelmente a passagem é exageradamente cômica, mas pelo menos é inofensiva e não contém ideias muito liberais. A propósito, posso dizer que Ratazaiév não é apenas um escritor supremo, mas também um homem de vida íntegra — o que não se pode dizer da maioria dos escritores.

Que saber de uma ideia que às vezes me ocorre? De fato, e se eu mesmo escrevesse algo? Como seria se de repente aparecesse no mundo um livro com o título *As Obras Poéticas de Makar Diévuchkin*? E então, meu anjo? Como veria, como receberia tal evento? Posso dizer de mim mesmo que nunca, depois que meu livro aparecesse, eu teria a coragem de mostrar meu rosto na Avenida Niévski[14]; pois não seria terrível ouvir todos dizendo: "Aqui vem o literato e poeta, Diévuchkin — sim, é o próprio Diévuchkin." O que, nesse caso, eu faria com meus pés (pois posso lhe dizer que quase sempre minhas botas estão remendadas ou acabaram de ser ressoladas, e, portanto, não parecem nada atraentes)? Pensar que o grande escritor Diévuchkin estaria andando por aí com botas remendadas! Se uma duquesa ou uma condessa me reconhecesse, o que ela diria, coitada? Talvez, porém, ela não notasse minhas botas, já que é razoável supor que as condessas não se ocupam muito com isso, especialmente com os calçados de funcionários públicos (que podem variar, deve-se

14 Principal avenida da cidade de São Petersburgo, na Rússia. (N. do T.)

lembrar). Além disso, eu descobriria que a condessa já tinha ouvido falar de mim, pois meus amigos teriam falado de mim para ela — Ratazaiév entre os primeiros deles, visto que costuma visitar a Condessa V. e praticamente mora na casa dela. Diz-se que ela é uma mulher de grande intelecto e sagacidade. Um espertalhão, esse Ratazaiév!

Mas chega disso. Escrevo esse tipo de coisa tanto para me divertir quanto para distrair seus pensamentos. Adeus por enquanto, meu anjo. Esta é uma longa epístola que estou lhe enviando, mas a razão é que hoje me sinto de bom humor depois de jantar na casa de Ratazaiév. Lá eu encontrei um romance que mal sei como descrever para você. Não pense o pior de mim por isso, mesmo que eu traga outro livro (pois certamente pretendo trazer um). O romance em questão era um de Paul de Kock[15], e não é um livro para você ler. Não, não! Tal obra não é adequada para seus olhos. De fato, diz-se que ofendeu muito os críticos de São Petersburgo. Além disso, estou lhe enviando alguns doces — comprados especialmente para você. Cada vez que comer um, querida, lembre-se de quem lhe enviou. Só não morda os mais duros; chupe-os gentilmente, para não doer seus dentes. Talvez você também goste de confeitos? Bem, escreva e me diga se é assim. Adeus, adeus. Que Cristo a proteja, minha querida!

Sempre seu fiel amigo,

Makar Diévuchkin.

27 de junho

Prezado senhor Makar Alexievitch!

Fedora me contou que, se assim eu desejar, há pessoas que ficariam felizes em me ajudar a conseguir um excelente emprego como governanta em uma casa. O que acha, meu amigo? Devo ir ou não? Claro, assim eu deixaria de ser um fardo para o senhor, e o emprego parece ser confortável. Por outro lado, a ideia de entrar em uma casa estranha me apavora. As pessoas de lá

15 Paul de Kock (1793-1871) foi um popular escritor francês do século XIX, conhecido por suas obras de tom leve e humorístico, que retratavam a vida cotidiana da classe média parisiense. (N. do R.)

são algum tipo de proprietários de terra, e começarão a fazer perguntas a meu respeito e a se intrometerem. Que respostas deverei dar? Veja, agora estou tão desacostumada com a sociedade — tão tímida! Gosto de viver em um canto ao qual já me acostumei. Sim, o lugar com o qual se está familiarizado é sempre o melhor. Mesmo que se tenha apenas a tristeza como companhia, esse lugar ainda será o melhor... Só Deus sabe quais serão os deveres do emprego. Podem muito bem me obrigar a cuidar das crianças como ama; e, de qualquer forma, ouvi dizer que a governanta foi trocada três vezes em dois anos. Pelo amor de Deus, Makar Alexievitch, aconselhe-me se devo ir ou não. Por que nunca mais veio me ver? Deixe-me ao menos vê-lo de vez em quando. A missa aos domingos é quase a única ocasião em que nos vemos. Como se tornou reservado! Eu também me tornei, embora, de certa forma, eu seja quase da sua família. O senhor deve ter deixado de me amar, Makar Alexievitch. Passo muitas horas angustiadas por isso. Às vezes, especialmente ao entardecer, sinto-me solitária — ah, tão solitária! Fedora sai para algum lugar, e eu fico aqui pensando, pensando, pensando. Lembro-me do passado, de suas alegrias e de suas tristezas. Ele passa diante dos meus olhos em detalhes, brilha como uma névoa; e enquanto isso acontece, rostos familiares aparecem, como se realmente estivessem presentes comigo, neste quarto! Mais frequentemente, vejo minha mãe. Ah, os sonhos que me vêm! Sinto que minha saúde está se deteriorando, tão fraca que estou. Quando me levantei esta manhã, senti náuseas até vomitar. Sim; sinto, sei que a morte está se aproximando. Quem vai me enterrar quando ela chegar? Quem vai visitar meu túmulo? Quem vai se entristecer por mim? E agora, pode ser em um lugar estranho, na casa de um estranho, onde terei que morrer! Sim, em um canto que eu não conheço... Meu Deus, quão triste é a vida...! Por que me envia doces para comer? De onde tira dinheiro para comprá-los? Guarde seu dinheiro, meu amigo, pelo amor de Deus, guarde seu dinheiro. Fedora vendeu um tapete que fiz. Ela conseguiu cinquenta rublos por ele, o que é muito bom — eu esperava menos. Dos cinquenta rublos, darei três para Fedora, e com o restante farei um vestido simples, mas quente, para mim. Também vou fazer um colete para o senhor — fazer eu mesma, e com material de boa qualidade.

Além disso, Fedora me trouxe um livro, *Contos de Belkin*[16], o qual lhe enviarei, se quiser lê-lo. Só não o suje nem o retenha, pois não me pertence. É de Púchkin. Dois anos atrás, li essas histórias com minha mãe, e me deixaria triste lê-las novamente. Se o senhor tiver algum livro, por favor, me envie — desde que não tenha sido obtido de Ratazaiév. Provavelmente ele lhe dará uma de suas obras quando tiver uma impressa. Como é que as obras dele lhe agradam tanto, Makar Alexievitch? Eu as acho um lixo!

Agora, adeus. Como eu tenho tagarelado! Quando me sinto triste, sempre gosto de falar sobre algo, pois isso funciona como um remédio para mim — começo a me sentir melhor assim que expresso o que está pesando em meu coração. Adeus, adeus, meu amigo.

Sua,

V. D.

28 de junho

Querida Varvára Alexeievna!

Deixe de melancolia! Realmente, querida, você deveria se envergonhar! Vamos, meu anjinho. Como pode permitir que tais pensamentos entrem em sua mente? Você não está doente, querida, nem um pouco doente. Você está florescendo — simplesmente florescendo. É verdade, vejo um certo toque de palidez em seu rosto, mas ainda assim você está florescendo. Que se danem os sonhos e visões! Sim, que vergonha, querida! Afaste esses devaneios; tente desprezá-los. Por que eu durmo tão bem? Por que nunca estou doente? Olhe para mim, minha querida. Eu vivo bem, durmo em paz, mantenho minha saúde, sou um ótimo sujeito. De fato, é um prazer me ver. Vamos, vamos, querida! Não fique mais assim. Eu sei que essa sua cabecinha é capaz de qualquer fantasia — que você se entrega muito facilmente a sonhar e lamentar; mas, pelo meu bem, pare com isso.

16 Coletânea de Alexandr Púchkin, um dos maiores nomes da literatura russa, que reúne cinco célebres contos do autor, escritos entre 1830 e 1831. (N. do R.)

Ir para a casa dessas pessoas, você me pergunta? Nunca! Não, não, e novamente não! Como você pode pensar em se mudar daqui? Eu não permitirei, querida; pretendo combater sua intenção com todas as minhas forças. Vou vender meu paletó e andar pelas ruas só de camisa, antes de deixar que passe necessidade. Mas não, Varenka. Conheço você. Isso é pura tolice, pura tolice! E provavelmente Fedora é a única culpada por isso. Ela parece ser uma velha tola, capaz de persuadi-la a fazer qualquer coisa. Não acredite nela, minha querida. Provavelmente você ainda não sabe tudo. Não é mesmo, querida? Ela é uma velha estúpida, briguenta, que fala bobagens e levou seu falecido marido à cova. Provavelmente ela tem lhe incomodado tanto quanto o incomodou. Não, não, querida; de jeitinho nenhum. E como ficarei eu, então? O que me restará fazer? Não, Varenka, querida, tire essa ideia da cabeça. Do que você sente falta aqui? Não poderíamos estar mais felizes por estarmos perto de você; você nos ama e pode viver sua vida tão tranquilamente quanto desejar. Leia ou costure, o que você preferir — ou leia e não costure. Apenas, não me abandone. Tente, você mesma, imaginar como as coisas seriam depois que partisse. Aqui estou eu enviando-lhe livros, e mais tarde vamos passear. Vamos, querida, no que isso vai dar?

Assim que puder, irei vê-la, e então você me contará toda essa história. Isso não é bom, querida; isso certamente não é bom. Claro, eu sei que não sou um homem instruído, e recebi uma educação lamentável; não tive inclinação para isso, e penso demais em Ratazaiév; mas ele é meu amigo, e, portanto, devo dizer uma palavra ou duas em favor dele. Sim, ele é um escritor esplêndido. Mais uma vez afirmo que ele escreve magnificamente. Não concordo com você sobre as obras dele, e nunca concordarei. Ele escreve de forma muito ornamentada, lacônica, com grande riqueza de detalhes e imaginação. Talvez você o tenha lido sem perceber, Varenka? Ou talvez você estivesse de mau humor naquela hora, ou irritada com Fedora por alguma coisa, preocupada com algum contratempo? Ah, mas você deveria lê-lo de outra maneira, com sentimento, e, o melhor de tudo, em um momento em que estiver se sentindo feliz e agradavelmente disposta — por exemplo, quando você tiver um ou dois doces na boca. Sim, essa é a maneira de se ler Ratazaiév. Não discuto (de fato, quem o faria?) que existem escritores melhores do que ele — muito melhores mesmo; mas eles são bons, e ele também é bom — eles escrevem bem, e ele escreve bem. Ele é ele, escreve do jeito dele, e faz muito bem em escrever.

Agora, adeus, minha querida. Não posso escrever mais, pois tenho que correr e ir trabalhar. Fique de bom ânimo, e que o Senhor Deus a proteja!

Seu amigo fiel,

Makar Diévuchkin.

P.S.: Muito obrigado pelo livro, minha querida! Vamos ler Púchkin também, e hoje à noite irei visitá-la, com certeza.

1º de julho

Meu querido Makar Alexievitch!

Não, não, meu amigo; não posso continuar vivendo aqui. Tenho pensado sobre o assunto e cheguei à conclusão de que seria muito errado recusar um cargo tão bom. Eu teria pelo menos uma fatia de pão garantida; poderia pelo menos começar a trabalhar para conquistar o carinho dos meus empregadores e até mesmo tentar mudar meu temperamento, se necessário. Claro que é triste e lamentável ter que viver entre estranhos, buscar a misericórdia dos outros, esconder e restringir minha própria personalidade, mas Deus vai me ajudar. Não posso permanecer reclusa para sempre, pois chances semelhantes já surgiram no meu caminho antes. Lembro-me de como, quando era uma menina na escola, costumava ir para casa aos domingos e passava o tempo brincando e dançando. Às vezes, minha mãe me repreendia por isso, mas eu não ligava, pois meu coração estava muito alegre e meu espírito muito exuberante. No entanto, conforme a noite de domingo chegava, uma tristeza mortal me acometia, pois às nove horas eu tinha que voltar para a escola, onde tudo era frio, estranho e severo — onde as governantas, nas segundas-feiras, perdiam a paciência, beliscavam minhas orelhas e me faziam chorar. Nessas ocasiões, eu me retirava para um canto e chorava sozinha, escondendo minhas lágrimas para não ser chamada de preguiçosa. No entanto, não era por ter que estudar que eu chorava; com o tempo fui me acostumando às coisas e, depois que meus dias de escola acabaram, eu só chorava quando me despedia dos amigos... Não é certo para mim viver dependendo do senhor. Esse pensamento me tortura. Digo isso francamente, pois me habituei a lhe ser franca. Não vejo eu que, diariamente ao amanhecer, Fedora levanta-se para lavar e trabalhar até tarde da noite, mesmo que seus pobres ossos velhos devam estar doendo por falta de descanso? Também não vejo eu que o senhor está se arruinando por mim, guardando seu último copeque para gastá-lo comigo? Não deve agir assim, meu amigo, mesmo que escreva que preferiria vender tudo a me deixar faltar alguma coisa. Eu acredito nisso, meu amigo — acredito inteiramente no seu bom coração; mas o senhor diz isso agora (quando, talvez, tenha recebido alguma soma inesperada ou gratificação) e ainda há o futuro a ser cogitado. O senhor mesmo sabe que estou sempre doente, que não posso trabalhar como vocês, por mais que eu desejasse qualquer trabalho se pudesse obtê-lo; então, o que mais me resta fazer? Sentar e lamentar enquanto observo vocês dois? Mas como isso lhe seria de alguma utilidade? Sou necessária para o senhor, meu amigo? Alguma vez lhe fiz algum bem? Embora eu esteja ligada ao senhor com toda a minha alma e o ame profundamente, fortemente e de todo coração, um destino amargo decretou que esse amor fosse tudo o que eu tenho para oferecer, que eu fosse incapaz de retribuir toda a sua bondade. Portanto, não me detenha mais, mas pense sobre o assunto e me dê sua opinião. Na esperança disso,

Permaneço amando-o.

V. D.

1º de julho

Bobagem, bobagem, Varenka!

O que você diz é pura bobagem. Fique aqui, em vez disso, e tire esses pensamentos da cabeça. Nada do que você supõe é verdade, não é verdade! Eu mesmo posso ver que não é. O que quer que você precise aqui, querida, basta me pedir. Aqui você ama e é amada, e poderíamos facilmente ser felizes e satisfeitos juntos. O que mais você poderia querer? Bem, o que você fará na casa de estranhos? Afinal, é possível que ainda não saiba o que é um "estranho"? Eu sei, porém, e poderia ter lhe dito se você tivesse me perguntado. Conheço-o, minha querida, conheço-o bem. Acontece que já comi o pão dele. Ele é um homem cruel, Varenka — um homem tão ruim que seria indigno do seu pequeno coração, e logo o despedaçaria com suas reclamações, repreensões e olhares sombrios. Por outro lado, você está segura e bem aqui — você está tão segura quanto se estivesse abrigada em um ninho. Além disso, você nos deixaria num estado como se tivéssemos perdido a cabeça. O que faríamos se você fosse embora? O que eu, um homem velho, poderia fazer? Não precisamos de você? Você não é útil para mim? Como não é útil? Não, querida; julgue por si mesma: como poderia não ser útil? Você é de grande utilidade para mim, Varenka, pois exerce uma influência benéfica em minha vida. Mesmo neste momento, enquanto penso em você, sinto-me animado, pois sempre posso escrever cartas para você, colocar nelas o que estou sentindo e receber de você respostas detalhadas... Comprei algumas roupas para você e também um chapéu; então, você vê que só precisa me dar uma incumbência para que seja executada... Não... de que maneira você não é útil? O que eu faria se fosse abandonado na minha velhice? O que seria de mim? Talvez você nunca tenha pensado nisso, Varenka — talvez você nunca tenha dito a si mesma: "Como ele poderia se virar sem mim?" Eu me acostumei tanto a você, minha querida. E o que aconteceria, se você fosse embora? Bem, eu caminharia até a margem do Neva[17] e acabaria comigo mesmo. Sim, é verdade, é isso que vai acontecer, Varenka. O que farei sem você? Ah, minha querida Varenka! Aparentemente, você quer que eu seja levado ao Cemitério de Volkovo[18] em uma carroça fúnebre velha e quebrada, com alguma velha mendiga para acompanhar sozinha o meu caixão, e os covei-

17 O Rio Neva é o terceiro maior rio europeu, em termos de volume de água. Ele nasce no lago Ladoga, na Rússia, passa pela cidade de São Petersburgo e deságua no golfo da Finlândia. (N. do T.)

18 O Cemitério de Volkovo, localizado em São Petersburgo, é um dos cemitérios mais antigos e importantes da cidade, conhecido por abrigar túmulos de várias figuras literárias e culturais da Rússia. (N. do R.)

ros para cobrir meu corpo com terra, partir e me deixar lá. Que pecado da sua parte, que pecado da sua parte, minha querida! Sim, pelos céus, quão errado da sua parte! Estou devolvendo seu livro, minha amiga Varenka; e, se você, minha amiga, perguntasse minha opinião sobre ele, eu diria que nunca antes em minha vida li um livro tão esplêndido. Continuo me perguntando, agora, minha querida, como até agora consegui permanecer tão ignorante. Deus me perdoe! O que eu já fiz? De onde eu saí? Eu não sei nada — eu simplesmente não sei nada. Minha ignorância é completa. Francamente, não sou um homem educado, pois até agora li pouquíssimos livros — apenas *Um Retrato do Homem* (uma obra inteligente à sua maneira), *O Menino Que Podia Tocar Muitas Melodias em Sinos* e *Os Grous de Íbico*[19]. Isso é tudo. Mas agora também li *O Chefe da Estação*, em seu pequeno volume; e é maravilhoso pensar, querida, que se pode viver e ainda ignorar o fato de que, bem debaixo do nosso nariz, pode haver um livro no qual toda a nossa vida é descrita como em uma imagem. Nunca imaginei que, assim que alguém começa a ler um livro desses, ele o leva a lembrar, considerar e prever eventos. Outro motivo pelo qual gostei tanto deste livro é que, embora, no caso de outras obras (por mais inteligentes que sejam), se possa lê-las, ainda assim não se lembra uma palavra delas (pois sou um homem naturalmente lento na compreensão e incapaz de ler obras de grande importância). E embora, como eu disse, se possa ler tais obras, lê-se um livro como o seu tão facilmente, como se tivesse sido escrito por nós mesmos, e tivesse tomado posse do nosso coração, o virado do avesso para inspecioná-lo, e estivesse descrevendo-o em detalhes de forma perfeita e simples. Pois eu teria escrito da mesma maneira! Por que não, de fato? Eu me sinto exatamente como as pessoas no livro se sentem, e me encontro em posições precisamente semelhantes às do personagem Samson Virin[20]. De fato, quantos infelizes de bom coração como Virin não estão andando entre nós? Como também é tudo tão facilmente descrito! Eu garanto, minha querida, que quase derramei lágrimas quando li que Virin bebeu tanto que perdeu a memória, ficou amargurado e passou dias

19 Obra do escritor alemão Friedrich Schiller. (N. do T.)
20 Samson Virin é o protagonista da novela *O Agente do Correio* de Aleksandr Púchkin. (N. do R.)

inteiros afogando as mágoas no ponche; como também que ele, chorando tristemente, enxugou os olhos com a barra suja do casaco ao se lembrar de sua ovelha perdida, sua filha Duniasha! Como é natural, como é natural! Você deveria ler o livro. Como é realmente vívido! Até eu posso ver isso; até eu posso perceber que é uma imagem tirada da própria vida ao meu redor. Nele eu vejo nossa própria Teresa (para não ir mais longe) e o pobre servidor — que é exatamente como esse Samson Virin, exceto pelo sobrenome de Gorshkov. O livro descreve exatamente o que poderia acontecer conosco — comigo em particular. Até um conde que vive na Niévski ou na Rua Naberezhnaya poderia ter uma experiência semelhante, embora ele possa parecer diferente, devido ao fato de que sua vida está em um patamar mais alto. Sim, exatamente as mesmas coisas poderiam acontecer com ele — exatamente as mesmas coisas... É isso, querida; e você desejando ir embora e nos deixar; ainda assim, tome cuidado para que não seja eu quem tenha que pagar pelos seus atos. Pois você poderia arruinar tanto a si mesma quanto a mim. Ah, minha querida, pelo amor de Deus, tire todos esses pensamentos da sua cabeça, e não me torture em vão. Como você, minha criaturinha que ainda não alçou voo, poderia encontrar comida, defender-se da miséria, e afastar as artimanhas dos vilões? Pense melhor nisso, Varenka, e não preste mais atenção a conselhos tolos e calúnias, mas leia seu livro novamente e leia-o com atenção. Pode fazer-lhe muito bem.

Falei sobre *O Chefe da Estação* com Ratazaiév. No entanto, o autor me disse que a obra é antiquada, pois, hoje em dia, os livros são todos ilustrados e enfeitados de diferentes maneiras (embora eu não tenha entendido tudo o que ele disse). Púchkin ele julga como sendo um poeta esplêndido, e um que fez honra à Santa Rússia. Leia seu livro novamente, Varenka, siga meu conselho e faça um homem velho feliz. O próprio Senhor Deus irá recompensá-la. Sim, Ele certamente irá recompensá-la.

Seu fiel amigo,

Makar Diévuchkin.

6 de julho

Prezado senhor Makar Alexievitch,

Hoje Fedora veio até mim com quinze rublos em prata. Como a pobre mulher ficou feliz quando dei três deles a ela! Escrevo-lhe às pressas, pois estou ocupada cortando um colete para lhe enviar — amarelo, com estampa de flores. Também estou enviando um livro de histórias; algumas das quais eu mesma li, particularmente uma chamada *O Capote*...[21] O senhor está me convidando para ir ao teatro. Mas não será muito caro? Claro que poderíamos sentar na galeria. Já faz muito tempo (na verdade, não me lembro de quando foi a última vez) desde que fui a um teatro! Ainda assim, não posso deixar de temer que tal diversão esteja além de nossas possibilidades. Fedora fica balançando a cabeça e dizendo que você está gastando mais do que tem. Eu mesma pressinto isso pela quantia que gastou comigo. Tome cuidado, querido amigo, para que um infortúnio não resulte disso, pois Fedora também me informou de certos rumores sobre alguma dívida que tem com sua senhoria. Na verdade, estou muito preocupada com o senhor. Agora, adeus, pois devo me apressar para cuidar de outro assunto — a troca das fitas do meu chapéu.

P.S.: Sabe, se formos ao teatro, acho que vou usar meu chapéu novo e uma mantilha preta. Não ficaria bonita?

7 de julho

Graciosa senhorita, Varvára Alexeievna,

Que dia o de ontem! Sim, minha querida, ambos fomos pegos agindo feito bobos, pois eu fiquei completamente encantado pela atriz sobre a qual falei. Ontem à noite, eu a escutei com toda atenção, embora, de um modo curioso, fosse praticamente a primeira vez que a via, já que só havia ido ao teatro uma vez antes, e mesmo assim eu me encantei. Naquela época, eu morava bem próximo a um grupo de cinco jovens — uma

21 De Nikolai Gógol, é um dos contos mais influentes da literatura russa, publicado em 1842. (N. do T.)

turma bem agitada —, e me dei bem com eles, embora me mantivesse decentemente afastado de suas travessuras, e só os via por causa da companhia. Para não ser deixado de lado, fazia tudo o que me pediam. Como aquele pessoal falava dessa atriz! Toda noite em que o teatro estava aberto, todos (que nunca tinham dinheiro para suas necessidades) iam a esse teatro, onde subiam até a galeria, batiam palmas e chamavam repetidamente pela atriz em questão. Na verdade, eles simplesmente eram loucos por ela. Mesmo depois de voltarmos para casa, não me davam sossego, continuavam falando dela a noite toda, chamando-a de sua Glasha, e declarando-se apaixonados pelo "canarinho de seus corações"[22]. Mesmo eu, indefeso, eles atormentavam ao falar sobre a mulher, pois eu era tão jovem quanto eles. Não sei como fui parar lá com eles, no quarto nível da galeria! No entanto, nunca consegui ver mais do que um canto da cortina, e tive que me contentar em ouvir. Ela tinha uma voz fina, ressonante, melodiosa como a de um rouxinol, e todos nós batíamos palmas com força e gritávamos a plenos pulmões, em uníssono; um de nós foi até expulso, eu juro! Na primeira ocasião, voltei para casa, caminhando e me sentindo inebriado, com apenas um rublo no bolso e um intervalo de dez longos dias até o meu próximo pagamento. O que acha disso, minha querida? No dia seguinte, antes de ir trabalhar, passei em uma perfumaria francesa e gastei todo o meu capital restante em água de colônia e sabonete perfumado! Por que fiz isso, não sei. Nem jantei em casa naquele dia, mas continuei andando e passando em frente às janelas da atriz (ela morava em um apartamento do quarto andar na Avenida Niévski). Finalmente, voltei para casa, mas apenas para descansar por uma hora antes de partir novamente para a Avenida Niévski e retomar minha vigília diante das janelas dela. Por um mês e meio continuei com isso — perseguindo-a. Eu alugava carruagens constantemente e passava em frente a sua morada; até que finalmente me arruinei por completo e fiquei com dívidas. Então, me desapaixonei por ela — cansei da perseguição... Veja, portanto, até que ponto uma atriz pode reduzir

22 Na cultura russa do século XIX, o canário frequentemente simbolizava algo delicado e puro, muitas vezes associado a emoções ternas ou ao espírito interior. (N. do R.)

um homem decente. Naquela época, eu era jovem. Sim, naqueles dias eu era MUITO jovem.

M. D.

8 de julho

Prezada senhorita Varvára Alexeievna,

O livro que recebi de você no dia 6 deste mês agora me apresso em devolver-lhe, assim como também me apresso, nesta minha carta, em me explicar a você. Foi muito ruim, minha querida, o que você fez ao me colocar em tal situação! Permita-me dizer: o destino de todos os homens é determinado pelo Todo-Poderoso. A um cabe uma vida nas dragonas de um general, a outro, a como servir como conselheiro titular; uns são designados a mandar, e outros a obedecer humildemente e com temor. Essas coisas são calculadas de acordo com a capacidade de cada um. Um homem pode ser capaz de uma coisa e outro de outra, e essas capacidades são dadas pelo próprio Senhor Deus. Há trinta anos estou no serviço público e cumpri minhas obrigações de forma irrepreensível, em comportamento sóbrio e nunca fui flagrado em desordens. Como cidadão, confesso livremente que sou culpado de possuir certas falhas; ainda assim, também possuo certas virtudes. Sou respeitado pelos superiores, e os próprios se agradam comigo; e, embora nunca tenha recebido demonstrações especiais de benevolência, sei que todos estão, ao menos, satisfeitos comigo. Assim vivi até ter os cabelos grisalhos; ainda assim, não consigo pensar em nenhuma falta grave cometida. Claro, ninguém está livre de falhas menores. Todos temos algumas delas, até você, minha querida. Mas, cometendo ofensas graves ou audaciosas nunca fui visto, nem infringindo as leis ou violando a paz pública. Nunca fui visto fazendo nada disso, nunca! Nunca ocorreu, disso você certamente sabe. Bem, e daí! Com toda a honestidade, você deveria saber disso, assim como o autor desta carta sabe, pois assim a escrevi. Sim, ele também devia saber quando se propôs a escrever sobre mim, devia saber tudo. Não esperava isso de sua parte, minha querida. Não, Varenka; justamente de sua parte, não esperava isso.

O quê? Então agora não se pode viver em paz no seu cantinho, seja como ele for, viver sem incomodar ninguém, sem sujar a água, como dizem os provérbios[23], temendo a Deus e a si mesmo, para que ninguém o perturbe, invada sua casa para ver se, por exemplo, tem um bom colete, se tem roupas íntimas decentes, se tem botas e como são forradas, o que come, o que bebe e o que copia... E qual o problema com isso, querida? Qual o problema de andar nas pontas dos pés por onde o chão é ruim para economizar a sola da bota? Por que escrever sobre outro que, veja, às vezes está em necessidade, sobre *sua* falta de chá para beber (e todo mundo tem a obrigação de tomar chá)? Alguma vez foi meu costume olhar na boca dos outros homens para ver o que mastigam? A quem prejudiquei com isso? Não, não, minha querida! Por que eu desejaria insultar outras pessoas quando elas não estão me insultando?

Pois aí está, Varvára, um exemplo do que significa isso: servir com zelo e dedicação, e ainda ser respeitado pelo superior (seja como for, ainda respeitado) e alguém, bem debaixo do seu nariz, sem razão aparente, o faz de bobo. É claro que ele pode ter um surto de vez em quando (não estou me referindo apenas à embriaguez) e (por exemplo) comprar um novo par de botas e ter prazer em ver seus pés bem calçados e elegantes. Sim, eu mesmo sei o que é sentir isso, é gostoso ver o pé numa bota elegante (escrevo isso de boa fé). No entanto, estou igualmente surpreso que Fiódor Fiódorovitch continue ignorando os insultos que suporta. É verdade que ele ainda é um jovem dignitário e às vezes gosta de gritar; mas por que não gritar? Por que não repreender nosso irmão se precisamos repreendê-lo? Bem, vamos colocar desta forma, por exemplo: você pode repreender para manter o tom; é necessário disciplinar; é necessário dar um susto, porque entre nós, Varenka, nosso irmão não fará nada sem um susto; todos só querem que seus nomes constem em algum lugar, como se dissessem: "Veja, eu trabalho nisso ou naquilo", mas do serviço propriamente dito querem distância. E

23 Ezequiel, 34:18. (N. do T.)

como existem diferentes cargos e cada cargo exige uma repreensão apropriada proporcional, é natural que até o tom da repreensão acabe sendo diferente; isso está na ordem das coisas! E é nisso que o mundo se sustenta, minha querida, um repreende o outro, e todos nós nos repreendemos mutuamente. Sem essa precaução, o mundo nem existiria e não haveria ordem. Fico verdadeiramente surpreso como Fiódor Fiódorovitch deixou esses insultos passarem sem reação!

E para que escrever isso? Meu trabalho levará alguém que o leia a me dar um casaco, ou a comprar um par de botas novas para mim? Não, Varenka. Os homens apenas leem e me pedem para escrever mais. A gente se esconde, oculta o pouco que tem, às vezes nem ousa mostrar o nariz pelo simples motivo de que, embora não tenha feito nada de que se envergonhar, teme a fofoca e as calúnias que estão por toda parte. Se sua vida cívica e familiar tiverem a ver com literatura, tudo será impresso, lido, ridicularizado e discutido; dessa forma, não dá nem para sair na rua, pois está tudo escrito com tamanha precisão que agora reconhecem o nosso tipo só pelo andar. Ora, se ao menos no final ele corrigisse algo, amenizasse, dissesse, por exemplo, depois daquele trecho em que jogam papéis na cabeça dele: que apesar de tudo isso, era virtuoso, bom cidadão, não merecia tal tratamento dos colegas, obedecia aos superiores (aqui podia até dar um exemplo), não desejava mal a ninguém, acreditava em Deus e morreu (se ele quer mesmo que ele morra) lamentado. Ainda assim, não seria melhor, em vez de deixar o pobre homem morrer, dar-lhe um casaco enquanto ainda está vivo, para que o general, ao saber de suas virtudes, lhe pedisse para ficar sob seu comando, lhe desse uma patente e aumentasse o seu salário, de forma que seria assim: o mal seria punido, a virtude triunfaria, e a equipe daquele departamento poderia viver em paz, juntos. Eu faria assim, por exemplo, mas o que ele escreveu não tem nada de especial, nada de bom. Aqui temos um exemplo mesquinho da vida comum e ordinária. E como você teve coragem de me mandar tal livro, minha amada? É uma obra pessimamente concebida, Varenka, e também irreal, porque não pode existir um funcionário assim. Depois disso, eu só posso apresentar uma queixa formal, Varenka, uma queixa formal!

Seu mais humilde e devoto servo,

M. D.

27 de julho

Meu querido Makar Alexievitch,

Os últimos acontecimentos e suas cartas recentes me assustaram, me deixaram perplexa e cheia de dúvidas, mas os relatos de Fedora me explicaram tudo. Por que se desesperar dessa forma, e cair no abismo que o senhor caiu, Makar Alexievitch? Suas explicações não me satisfizeram de forma alguma. Talvez eu tenha errado ao insistir em aceitar uma boa oferta quando ela me foi dada, visto que minha última experiência nesse sentido me trouxe um choque que estava longe de ser motivo de piada. O senhor diz que seu amor por mim o obrigou a ocultar a verdade. Agora, percebi o quanto lhe devo quando me disse que estava gastando em meu benefício a soma reservada em seu banco, que teria deixado no penhor por precaução. Mas agora, ao saber que o senhor nunca possuiu tal fundo, mas que, ao ouvir sobre minha situação desesperadora e sendo movido por ela, decidiu gastar comigo todo o seu salário (até mesmo antecipá-lo; e, quando eu adoeci, na verdade vendeu suas roupas), ao descobrir tudo isso, fui colocada na posição angustiante de não saber como aceitar, nem o que pensar.

Ah, Makar Alexievitch! O senhor deveria ter parado em seus primeiros atos de caridade — atos inspirados pela simpatia e pelo amor fraternal, em vez de continuar a desperdiçar seu dinheiro em coisas desnecessárias. Sim, o senhor traiu nossa amizade, Makar Alexievitch, ao não ser sincero comigo; e agora que vejo que todo aquele dinheiro foi gasto em roupas, doces, passeios, livros e visitas ao teatro, choro lágrimas amargas por minha imprudência imperdoável em ter aceitado essas coisas sem pensar em seu bem-estar. Sim, tudo o que o senhor fez para me agradar se transformou em fonte de tristeza e deixou apenas um remorso inútil. Ultimamente notei sua melancolia; e embora também sentisse uma ansiedade indefinida, o que aconteceu nunca teria passado pela minha cabeça. Pensar que seu bom senso o traiu dessa maneira, Makar Alexievitch! O que as pessoas pensarão do senhor? O que dirão todos os que o conhecem? O senhor, a quem, assim como todos os outros, valorizei por seu coração bondoso, modéstia e bom senso — digo, agora se entregou a um vício desagradável do qual nunca antes pareceu ser culpado. O que senti quando Fedora me contou que foi encontrado bêbado na rua e levado para casa pela polícia? Fiquei petrificada de espanto — embora, visto que tinha sumido por quatro dias, eu estivesse realmente esperando algum evento extraordinário. Além disso, já pensou no que seus superiores dirão quando souberem a verdadeira razão de sua ausência? O senhor diz que todos estão rindo de você, que todos souberam do laço que existe entre nós e que seus vizinhos habitualmente mencionam a mim com chacotas. Não dê atenção a isso, Makar Alexievitch; pelo amor de Deus, acalme-se. Além disso, seu incidente com aqueles policiais me alarmou muito, embora eu já tivesse ouvido certos rumores a respeito. Por favor, explique-me o que isso significa. O senhor escreve também que temia ser sincero comigo, porque suas confissões poderiam fazê-lo perder minha amizade. Além disso, diz que estava desesperado com a ideia de não poder me ajudar em minha doença, pelo fato de ter vendido tudo o que poderia para me manter e evitar que eu fosse para o hospital, bem como tomou emprestado tanto quanto possível e agora está enfrentando diariamente desagrados com sua senhoria. Bem, ao não revelar tudo isso para mim, o senhor escolheu o pior caminho. Agora, no entanto, sei de tudo. O senhor me forçou a reconhecer que fui a causa de sua situação infeliz, assim como o meu comportamento me serviu uma dose dupla de tristeza. O fato me deixa perplexa, Makar Alexievitch. Ah, amigo, a infelicidade é uma doença contagiosa. Os infelizes e pobres devem se manter afastados uns dos outros, para não se contagiarem ainda mais. Sim, eu trouxe ao senhor desgraças que nunca antes em sua vida humilde e solitária havia experimentado. Isso me tortura e me destrói.

Escreva-me francamente. Diga-me como decidiu agir assim. Acalme-se, se puder. Não é a vaidade que me leva a falar do meu próprio conforto, mas minha amizade e amor pelo senhor, que nunca desaparecerão do meu coração. Adeus. Aguardo ansiosamente sua resposta. O senhor pensou muito mal de mim, Makar Alexievitch.

Sua afetuosa,

Varvára Dobroselova.

28 de julho

Minha inestimável Varvára Alexeievna,

Pois bem, agora que tudo acabou e aos poucos tudo está voltando ao normal, direi o seguinte, minha querida: você diz que está ansiosa sobre o que pensarão de mim. Deixe-me dizer que a coisa mais importante na vida para mim é o meu orgulho; portanto, ao informá-la sobre meus infortúnios e todos esses transtornos, acrescentaria que nenhum dos meus superiores sabe de minhas ações, nem nunca saberão delas, e que, portanto, continuarão a me tratar com respeito como antes. Apenas uma coisa eu temo: as fofocas. A senhoria estava gritando em casa, mas agora, graças aos seus dez rublos, com os quais paguei parte da dívida, ela apenas resmunga, e nada mais; e quanto ao resto dos meus companheiros, eles não importam. Enquanto eu não tiver tomado dinheiro emprestado deles, não preciso me preocupar com eles. Para concluir minhas explicações, deixe-me dizer que valorizo seu respeito por mim acima de tudo no mundo, e encontrei nele meu maior conforto durante esse sofrimento temporário. Graças a Deus, o primeiro choque e as primeiras dificuldades já passaram, agora que você concordou em não me ver como infiel e egoísta simplesmente porque eu a enganei. Desejo mantê-la comigo, pela razão de que não suporto me separar de você e a amo como meu anjinho... Agora me dedico com afinco ao trabalho e passei a cumprir melhor a minha função. Além disso, ontem, Ievstáfi Ivanovitch nem sequer dirigiu uma palavra a mim ontem, quando passei por ele. No entanto, não vou esconder de você o fato de que minhas dívidas estão me esmagando e que meu guarda-roupa se encontra em estado lamentável.

Ao mesmo tempo, essas coisas realmente não importam e peço que não se desespere por causa delas. Você me enviou mais meio rublo, Varenka, e esse rublo atravessou o meu coração — agora tudo se virou: não sou mais eu, o velho tolo, quem ajuda o anjinho, é você, minha pobrezinha órfã, quem me ajuda! Fedora fez bem em conseguir o dinheiro. No momento, não tenho esperança de receber mais nada; mas, se surgir alguma perspectiva, eu lhe escreverei e a informarei sobre tudo. O que mais me preocupa são as fofocas. Adeus, anjinho. Beijo suas mãos e imploro que recupere sua saúde. Se esta não é uma carta detalhada, a razão é que devo partir logo para o escritório, para que, por meio de uma aplicação rigorosa ao dever, eu possa reparar minhas faltas no trabalho. Informações adicionais sobre meus atos (assim como sobre aquele caso com os oficiais) terão que ser adiadas até esta noite.

Seu amigo afetuoso e respeitoso,

Makar Diévuchkin.

28 de julho

Ah, Varenka, Varenka!

Agora, justamente agora, o pecado está ao seu lado e pesará em sua consciência. De fato, sua última carta me surpreendeu e confundiu, tanto que, ao olhar novamente para o fundo do meu coração, percebi que estava absolutamente certo no que fiz. Claro que não estou me referindo ao meu escândalo (não, querida, de fato!), mas ao fato de que eu a amo, e que não é nada imprudente amá-la — de forma alguma imprudente. Você não sabe como as coisas estão, minha querida. Você não sabe por que sou obrigado a amá-la. Caso contrário, você não diria tudo o que disse. No entanto, estou convencido de que é a sua mente, e não o seu coração, que está falando. Tenho certeza de que seu coração pensa muito diferente.

Minha querida, o que ocorreu naquela noite entre mim e aqueles oficiais mal sei, mal me lembro. Devo dizer, meu anjo, que até aquele momento eu estava numa angústia horrível — que por um mês inteiro estive, por assim dizer, me segurando por um fio. De fato, minha situação foi lamentável. Embora eu me escondesse, minha senhoria estava sempre gritando e me repreendendo. Isso não teria importado — a velha horrível poderia ter gritado o quanto quisesse — o problema foi a vergonha, e mais ainda, o fato de que ela, Deus sabe como, soube da nossa ligação e gritou isso pela casa inteira, tanto que fiquei atordoado e tapei os ouvidos. No entanto, o ponto é que as outras pessoas não taparam os ouvidos, mas, pelo contrário, os aguçaram. Agora, minha querida, eu nem sei onde me esconder...

Realmente, todo esse amontoado de desgraças me levou aos extremos. Tudo começou quando ouvi um boato estranho de Fedora — ou seja, que um pretendente indigno a havia visitado e a insultado com uma proposta indigna. Que ele a havia insultado profundamente, eu deduzi pelos meus próprios sentimentos, pois me senti igualmente insultado. A partir disso, meu anjo, eu desmoronei e, perdendo todo o controle, eu me arruinei. Tomado por uma fúria indescritível, saí correndo, eu queria ir até ele, o pecador, eu já nem sabia mais o que queria fazer, porque não posso permitir que ofendam o meu anjo! Ah, que noite de tristeza foi aquela, e justo naquela hora, chuva, lama, uma angústia terrível! Eu até pensei em voltar... foi aí que caí, minha querida. Encontrei Iemelia, Iemelia Ilitch. Ele também é um oficial — ou melhor, era, pois foi demitido do serviço algum tempo atrás. O que ele estava fazendo lá naquele momento, eu não sei; só sei que fui com ele... Mas, para que contar, Varenka, para quê? Certamente não lhe dá prazer ler sobre as desventuras do seu amigo; sobre suas tristezas e as tentações que ele enfrentou...

Na noite do terceiro dia, Iemelia me convenceu a visitar o oficial do qual falei, e cujo endereço eu soube pelo nosso zelador. Mais estritamente falando, eu o havia notado há muito tempo, e o segui até em casa, quando ainda morava no nosso prédio. Claro que agora vejo que errei, porque não estava em um estado apropriado quando anunciaram a minha chegada. Exatamente o que aconteceu a seguir, não me lembro. Só me lembro de que havia muitos oficiais lá, ou talvez eu estivesse vendo em dobro, quem sabe? Também não lembro o que disse, apenas que, na minha fúria, disse muito, cheio de nobre indignação. Então eles me expulsaram da sala e me jogaram escada abaixo — na verdade, não jogaram exatamente, apenas empurraram-me. Como cheguei em casa, você sabe, Varenka. Isso é tudo. Claro que me desonrei, e meu orgulho sofreu um baque; mas ninguém mais além de você sabe disso, e, nesse caso, é como se nada tivesse acontecido. Foi assim que imaginou o acontecimento, Varenka? De uma coisa eu sei com certeza, e isso é que no ano passado, um de nossos inquilinos, Aksenti Ossipovitch, também ousou atacar Piotr Petrovitch, mas manteve o ocorrido em absoluto segredo. Ele o chamou para uma sala do vigia (eu estava olhando através de uma fresta na porta) e disse tudo que precisava dizer, mas de maneira nobre, já que ninguém além de mim testemunhou a cena; e eu, claro, não contei a ninguém. Depois que a cena terminou, Aksenti Ossipovitch e Piotr Petrovitch continuaram como se nada tivesse acontecido. Piotr Petrovitch é vaidoso, então ele também não contou a ninguém, e agora eles até se cumprimentam e apertam as mãos. Não vou contestar o fato de que errei gravemente — isso nunca ousaria contestar; e o pior de tudo é que me desvalorizei aos meus próprios olhos; mas, penso que estava destinado desde o nascimento a fazê-lo — e não se pode escapar do destino, minha querida. Aqui, portanto, está uma explicação detalhada das minhas desventuras e tristezas, Varenka, tudo isso que talvez fosse melhor nem ter lido. Estou um pouco doente, minha querida, e perdi toda a minha alegria de espírito, mas envio-lhe esta carta como um sinal do meu amor, devoção e respeito, ó querida, Varvára Alexeievna.

Seu humilde servo,

Makar Diévuchkin.

29 de julho

Meu querido Makar Alexievitch,

Li suas duas cartas, e elas me fazem sentir uma dor no coração. Veja bem, querido amigo. Ou o senhor está me escondendo algo e só me escreveu parte dos seus problemas ou... Venha me ver, pelo amor de Deus. Venha hoje, e escute, venha direto almoçar conosco. Já nem sei como está vivendo aí agora, e que acordo fez com sua senhoria, não sei, pois não escreve nada sobre esses dois pontos e parece intencionalmente tê-los deixado de mencionar. Então, até logo, meu amigo. Venha me ver hoje sem falta. Seria até melhor se viesse sempre almoçar aqui. Fedora é uma excelente cozinheira. Adeus.

Sua,

Varvára Dobroselova.

1º de agosto

Querida Varvára Alexeievna,

Graças a Deus que Ele lhe deu a oportunidade de retribuir meu bem com o bem. Acredito nisso, assim como na doçura de seu coração angelical. Portanto, não vou repreendê-la. Apenas peço que não me culpe novamente porque, no declínio da minha vida, me comportei como um esbanjador. Foi um pecado, não foi? O que se pode fazer? Isso se você quer realmente acreditar que foi um pecado, mas lembre-se, amiguinha, do que me custa ouvir tais palavras saírem de seus lábios. Não fique irritada comigo por dizer isso, pois meu coração está desfalecendo. Pessoas pobres são sujeitas a fantasias — é assim que a natureza as fez. Eu já sentia isso antes, e agora sinto ainda mais. O pobre, coitado, é exigente. Ele olha para o mundo de outro jeito, olha com desconfiança para cada pessoa na rua, fica escutando cada palavra e pensando: será que as pessoas estão falando de mim? Será que pensam: "olha só esse desajeitado!" Será que pensam: como será ele de um ângulo ou de outro ângulo? E todo mundo sabe, minha Varenka, que o pobre é considerado menos que um trapo e nunca ganhará o respeito de ninguém. Sim, escreva sobre ele como quiser; deixe os escritores dizerem o que quiserem: tudo vai continuar igual para o pobre. E por que isso? Porque, para eles, tudo deve ser do avesso para o pobre, porque ele não deve ter nada secreto, nenhum orgulho, nada! Bem, Iemelia me disse outro dia, que uma vez fizeram um acordo com ele: ele seria submetido a um exame oficial em troca de cada moeda dada, e para cada moedinha, faziam quase uma inspeção oficial. Pensavam que estavam dando o dinheiro de graça, mas não, estavam pagando para ver o pobre! Hoje em dia, minha querida, até a caridade é feita de um jeito esquisito. Talvez sempre tenha sido assim. Ou as pessoas não sabem como fazê-la, ou são especialistas nessa arte: uma das duas. Talvez você não saiba disso, então agora sabe! Em algumas coisas somos inexperientes, mas nisso somos como especialistas! E por que o pobre sabe de tudo isso, é tão consciente dessas coisas? A resposta é: pela experiência. Ele sabe que existe alguém ao lado dele que, ao ir para um restaurante, pensa: "O que será que aquele miserável vai comer hoje? Bem, vou comer filé com molho, enquanto o pobre provavelmente não terá nada para comer além de mingau." E o que isso importa para ele? Mas há pessoas assim, Varenka, que só pensam nessas coisas. E há aqueles homens — intrometidos miseráveis — que andam por aí apenas para ver se você vai pisar no chão com o pé todo ou só com as pontas dos pés, dizendo que o funcionário de tal departamento está com os dedos dos pés aparecendo pelo buraco da bota, que os cotovelos do casaco estão rasgados, e depois escrevem tudo isso e publicam essas porcarias... E o que importa se o meu casaco está rasgado? Perdoe-me pela grosseria, mas declaro o pobre tem a mesma vergonha disso que você teria, por exemplo, de se despir na frente de todos — me desculpe pela colocação. Assim também o pobre não gosta que invadam o seu canto, querendo saber como estão suas relações familiares. Pois bem, por que, então, devo me ofender daquele modo, junto aos meus inimigos, atacando a honra e o orgulho de um homem honesto?

Hoje eu sentei diante dos meus colegas como um filhote de urso ou um pardal depenado, de tanta vergonha. Sim, isso me machucou terrivelmente, Varenka. Naturalmente, a gente fica tímido quando os cotovelos aparecem para fora do casaco, e os botões ficam pendurados por um único fio! Como se de propósito, eu parecia, nesta ocasião, estar particularmente desgrenhado. Não é de se admirar que meu espírito estivesse abalado. Quando eu estava falando sobre assuntos de negócios com Stepan Karlovitch, ele de repente exclamou, sem motivo aparente: "Ah, pobre velho Makar Alexievitch!", e então deixou o resto por dizer. Mas eu sabia o que ele tinha em mente e corei tão intensamente que até a parte calva na minha cabeça ficou vermelha. Claro que, pensando bem, isso não é nada, mas dá margem para pensamentos ansiosos. O que esses companheiros devem saber sobre mim? Deus permita que eles não saibam de nada! Mas confesso que suspeito, fortemente suspeito, de um dos meus colegas. Esses malvados não têm limites! A vida particular de alguém não vale nada para eles; não respeitam nada secreto.

Eu tenho uma ideia de quem está por trás de tudo isso. É Ratazaiév. Provavelmente ele conhece alguém em nosso departamento para quem ele contou a história com acréscimos. Ou talvez ele tenha espalhado isso em seu próprio departamento, que de lá se infiltrou no nosso. Todos aqui sabem disso, até o último detalhe, pois os vi apontando para você pela janela. Oh sim, eu os vi fazer isso. Ontem, quando fui jantar com você, toda a equipe ficou pendurada na janela para me assistir, e a senhoria exclamou que "o diabo estava nos jovens", e depois ainda falou de você de forma indecente. Mas isso não é nada comparado à intenção suja de Ratazaiév de nos colocar em seus livros e nos descrever em uma sátira. Ele mesmo declarou que vai fazer isso, e boas almas do nosso departamento me contaram. De fato, não sei o que pensar, nem o que fazer. Não adianta esconder o fato de que você e eu pecamos contra o Senhor Deus... Você ia me enviar um livro para distrair minha mente, não ia, querida? Ora, deixe isso para lá! O que é um livro senão um monte de bobagens em forma de personagens. Romances são tolices escritas para tolos e para gente desocupada ler. Acredite em mim, querida, eu sei disso por uma longa experiência. Mesmo que eles exaltem Shakespeare para você, eu digo que Shakespeare é bobagem; pura bobagem, e feito apenas para sátiras.

Seu,

Makar Diévuchkin.

2 de Agosto

Meu querido Makar Alexievitch,

Não se inquiete. Deus permitirá que tudo acabe bem. Fedora conseguiu bastante trabalho, tanto para mim quanto para ela, e estamos nos dedicando a ele com vontade. Talvez isso nos coloque de volta nos eixos. Fedora suspeita que minhas recentes desventuras estejam conectadas a Anna Fedorovna; mas eu não me importo — sinto-me extraordinariamente animada hoje. Então o senhor está pensando em pegar mais dinheiro emprestado? Se for o caso, que Deus o livre, pois certamente estará arruinado quando chegar a hora de pagar! Seria muito melhor o senhor vir morar aqui conosco por um tempo. Sim, venha morar aqui e não dê atenção ao que sua senhoria diz. Quanto ao resto de seus inimigos e mal-intencionados, tenho certeza de que é com imaginações vãs que está se afligindo... A propósito, deixe-me dizer que seu estilo varia muito de carta para carta. Adeus, até nos encontrarmos novamente. Aguardo ansiosa a sua chegada.

Sua,

V. D.

3 de Agosto

Minha querida Varvára Alexeievna,

Apressei-me em informá-la, ó luz da minha vida, que minhas esperanças estão ressurgindo. Mas, minha querida, você realmente quis dizer o que disse quando falou que eu não deveria pegar mais empréstimos? Porque, sinceramente, eu não poderia ficar sem eles. As coisas ficariam péssimas para nós dois se eu fizesse isso. Você está doente. Consequentemente, digo-lhe claramente que eu devo fazer empréstimos, e que devo continuar fazendo isso.

Também posso lhe dizer, Varvára Alexeievna, que meu lugar no escritório agora é ao lado de Iemelia Ivanovitch. Ele não é o Iemelia que você conhece, mas um homem que, como eu, é um conselheiro titular, assim como representa, comigo, o funcionário mais antigo e sênior do nosso departamento. Ele também é uma alma boa e desinteressada, e não é muito falante, embora seja um verdadeiro urso na aparência e no comportamento. Trabalhador e possuidor de uma caligrafia puramente inglesa, deve-se confessar que sua caligrafia é até pior que a minha. Sim, ele é uma boa alma. Nunca fomos íntimos. Não fizemos mais do que trocar saudações ao nos encontrarmos ou nos despedirmos, emprestar o canivete um ao outro se precisássemos de um, e, em suma, respeitar as meras formalidades que a convenção exige. Bem, hoje ele me disse: "Makar Alexievitch, por que você parece tão pensativo?", e como pude ver que ele me desejava bem, contei-lhe tudo — ou melhor, não contei tudo, pois isso eu não faço a ninguém (não tenho coragem para fazer); contei apenas alguns detalhes dispersos sobre minhas dificuldades financeiras. "Então você deveria pegar emprestado", disse ele. "Deveria pegar um empréstimo de Piotr Petrovitch, que faz um pouco disso. Eu mesmo já peguei dinheiro emprestado dele, e ele me cobrou juros justos e leves." Bem, Varenka, meu coração saltou dentro de mim com essas palavras. Fiquei pensando e pensando, se ao menos Deus colocasse na mente de Piotr Petrovitch ser meu benfeitor, concedendo-me um empréstimo! Calculei que, com a ajuda dele, eu poderia tanto pagar minha senhoria quanto ajudá-la e até conseguiria me vestir decentemente, pois é uma vergonha ficar sentado com roupas em frangalhos. Que os outros zombem de mim, paciência! Mas e se o diretor passar por nós e me vir malvestido? Deus me livre! Eles prezam muito pela limpeza e pela aparência. Podem até não dizer nada, mas eu morreria de vergonha. Por isso, foi engolindo o meu orgulho e enfiando-o no bolso rasgado que aproximei-me de Piotr Petrovitch, todo esperançoso e tremendo de expectativa. Mas o que aconteceu, Varenka? Tudo acabou em nada! Embora, como se verificou, ele estivesse ocupado conversando com Thedosei Ivanovitch, aproximei-me e puxei sua manga. Ele se virou e eu recitei meu discurso sobre os trinta rublos, etc. e etc., do qual, inicialmente, ele não entendeu o significado. Mesmo quando expliquei tudo, ele apenas começou a rir e ficou em silêncio. Novamente fiz meu pedido, mas, perguntando-me que garantia eu poderia dar, ele novamente se enterrou em seus papéis e continuou escrevendo sem me dar sequer um segundo olhar. O desânimo se apoderou de mim. "Piotr Petrovitch", eu disse, "não posso oferecer garantia alguma", mas a isso acrescentei uma explicação de que algum salário, com o tempo, me seria devido, o qual eu transferiria para ele, e consideraria o empréstimo como minha primeira dívida. Naquele momento, alguém o chamou, e tive que esperar um pouco. Ao voltar, ele começou a preparar sua caneta, como se nem sequer tivesse notado que eu estava lá. Mas dessa vez eu estava sozinho. "Piotr Petrovitch", continuei, "você não pode fazer nada?" Ainda assim, ele manteve silêncio e parecia não ter me ouvido. Então, fui embora. Eles podem até ser pessoas dignas, querida — disso não tenho dúvidas — mas também são orgulhosos, muito orgulhosos. E eu? Quem sou eu comparado com eles? Mesmo assim, pensei em escrever e contar tudo para você. Enquanto isso, Iemelia Ivanovitch estava me encorajando com acenos e sorrisos. Ele é uma boa alma, e prometeu me recomendar a um amigo seu que mora na Rua Viborskaia e empresta dinheiro. Iemelia afirma que esse amigo certamente me emprestaria um pouco; então amanhã, querida, vou visitar o cavalheiro em questão... O que você acha disso? Seria uma pena não obter um empréstimo. Minha senhoria está prestes a me expulsar e se recusou a me fornecer mais comida. Além disso, minhas botas estão se desgastando e perderam todos os botões... e eu não possuo outro par! Poderia alguém em um escritório governamental exibir maior pobreza? É terrível, minha Varenka... é simplesmente terrível!

Makar Diévuchkin.

4 de Agosto

Meu querido Makar Alexievitch,

Pelo amor de Deus, pegue emprestado algum dinheiro o mais rápido possível. Eu não pediria essa ajuda se não estivesse na situação em que me encontro. Fedora e eu não podemos permanecer mais em nossas atuais acomodações, pois fomos submetidas a grandes inconvenientes, e o senhor não pode imaginar meu estado de agitação e consternação. O motivo é que esta manhã recebemos a visita de um homem idoso — quase um velho — com condecorações. Muito surpresa, perguntei-lhe o que ele queria (pois no momento Fedora tinha saído para fazer compras); foi quando ele começou a me questionar sobre como vivia e o que fazia, e então, sem esperar por uma resposta, informou que era tio do oficial sobre quem o senhor falou; que estava muito irritado com o sobrinho pela maneira como havia se comportado, especialmente no que diz respeito a difamar-me por aí; e que ele, o tio, estava pronto para me proteger da insolência do jovem esbanjador. Ele também me aconselhou a não dar ouvidos a jovens desse tipo e acrescentou que simpatizava comigo como se fosse meu próprio pai, ficando feliz em me ajudar de qualquer maneira que pudesse. Nisso, corei de certa confusão, mas não me apressei muito em agradecê-lo. Em seguida, ele me pegou à força pela mão e, tocando minha bochecha, disse que eu era muito bonita e que gostava muito das covinhas no meu rosto (só Deus sabe o que ele quis dizer!). Finalmente, ele tentou me beijar, dizendo que era um homem velho (ele era muito nojento!), o bruto! Nesse momento, Fedora retornou; um tanto confuso, ele repetiu que sentia um grande respeito pela minha modéstia e virtude e que desejava muito me conhecer; depois disso, ele chamou Fedora de lado e tentou, sob algum pretexto ou outro, dar-lhe dinheiro (embora, claro, ela tenha recusado). Por fim, ele foi embora — novamente reiterando suas garantias e dizendo que pretendia voltar com alguns brincos de presente; que ele me aconselhava a mudar de acomodações; e que poderia me recomendar um esplêndido apartamento que ele tinha em mente e que provavelmente não me custaria nada. Sim, ele também declarou que gostava muito de mim por minha pureza e bom senso; que eu deveria tomar cuidado com jovens dissolutos; e que conhecia Anna Fedorovna, que o havia encarregado de me informar que ela viria me visitar pessoalmente em breve. Foi então que entendi tudo. O que fiz a seguir mal sei, pois nunca antes me vi numa situação dessas; mas acredito que acabei com todo o meu decoro e fiz o velho se envergonhar profundamente — com a ajuda de Fedora, que quase o expulsou do prédio. Nenhuma de nós duvida que isso seja obra de Anna Fedorovna — pois de que forma além dessa o velho poderia saber sobre nós?

Agora, portanto, Makar Alexievitch, recorro ao senhor por ajuda. Não me deixe nesta situação, pelo amor de Deus. Pegue emprestado todo o dinheiro que puder, pois não tenho como deixar essas acomodações, mas também não posso permanecer nelas por mais tempo. Em todo caso, esse é o conselho de Fedora. Ela e eu precisamos de pelo menos vinte e cinco rublos, que eu lhe pagarei do que ganho com meu trabalho, enquanto Fedora me conseguirá mais trabalho adicional dia após dia, de modo que, se houver juros altos a pagar pelo empréstimo, o senhor não será sobrecarregado com o fardo extra. Não, eu lhe darei tudo o que possuo se apenas continuar a me ajudar. Realmente, me entristece ter que incomodá-lo quando o senhor mesmo está em uma situação tão difícil, mas minhas esperanças repousam no senhor, e somente no senhor. Adeus, Makar Alexievitch. Pense em mim, e que Deus o acompanhe em sua missão!

V.D.

4 de Agosto

Minha querida Varvára Alexeievna,

Esses golpes inesperados me abalaram terrivelmente, e essas estranhas calamidades quebraram completamente meu espírito. Não contentes em tentar levá-la a um leito de doença, esses bajuladores e velhos pestilentos estão tentando fazer o mesmo comigo. E eu lhe asseguro que estão conseguindo. Ainda assim, prefiro morrer a não ajudá-la. Se não puder ajudá-la, eu morrerei; mas, para poder ajudá-la, você deve fugir como um pássaro do ninho onde essas corujas, essas aves de rapina, estão tentando bicá-la até a morte. Como me sinto angustiado, minha querida! Mas você... quão cruel você mesma, Varenka, está sendo! Embora esteja sofrendo com dores e insultos, quando você, pequeno filhote, está em profunda agonia, me diz, mesmo assim, que lhe entristece perturbar-me e que pagará sua dívida comigo com o trabalho de suas próprias mãos! Em outras palavras, você, com sua saúde frágil, está propondo se matar para me aliviar dos meus apuros financeiros! Pare um momento e pense no que está dizendo, Varenka. Por que você deve costurar, trabalhar e torturar sua pobre cabeça com ansiedade, estragar seus belos olhos e arruinar sua saúde? Por que, de fato? Ah, pequena Varenka, pequena Varenka! Você não vê que eu nunca serei bom para você? De qualquer forma, eu mesmo vejo isso. Mas eu vou ajudá-la em sua aflição. Vou superar todas as dificuldades, vou conseguir trabalho extra, copiar manuscritos para autores; vou até eles e forçá-los a me contratar, vou me dedicar tanto ao trabalho que eles verão que sou um bom copista, minha querida (e bons copistas, eu sei, estão sempre em demanda). Assim, não haverá necessidade de você esgotar sua força, nem permitirei que o faça — não a deixarei realizar sua intenção desastrosa... Sim, pequeno anjo, certamente vou pegar emprestado algum dinheiro. Prefiro morrer a não fazer isso. Apenas me diga, minha querida, que não devo recuar diante de juros altos, e não recuarei... Não, não recuarei de nada. Vou pedir quarenta rublos, querida, para começar. Não será muito, será, pequena Varenka? Mas será que alguém confiará em mim até mesmo com essa quantia na primeira tentativa? Você acha que sou capaz de inspirar confiança à primeira vista? Que simplesmente, ao ver o meu rosto, teriam uma opinião favorável sobre mim? Eu já consegui, pequeno anjo, parecer favorável a alguém? O que você acha? Pessoalmente, vejo dificuldades no caminho e sinto-me desanimado com a mera perspectiva. No entanto, desses quarenta rublos, pretendo reservar vinte e cinco para você, Varenka, dois para minha senhoria e o restante para meus próprios gastos. Claro, eu deveria dar mais do que dois à minha senhoria, mas você deve se lembrar das minhas necessidades, minha querida, e ver por si mesma que esse é o máximo que pode ser atribuído a ela. Não precisamos dizer mais nada sobre isso. Com um rublo, comprarei um novo par de botas, pois nem sei se conseguirei ir ao trabalho amanhã com as que tenho. Além disso, um novo cachecol também seria necessário, visto que o antigo já passou do seu primeiro ano; mas, como você prometeu fazer um novo com o seu avental velho, não preciso me preocupar mais com isso. Até aqui, botas e cachecóis estão resolvidos. Em seguida, os botões. Você mesma concordará que não posso ficar sem botões; a metade da frente do meu casaco está praticamente sem nenhum. Eu tremo só de pensar que um dia Sua Excelência possa perceber meu desleixo e diga algo! Ainda assim, minha querida, não ouvirei o que ele diz, pois terei morrido onde estou sentado — morrido de pura vergonha ao pensar em ter sido assim exposto. Ah, querida...! Bem, minhas várias necessidades terão me deixado três rublos para seguir em frente. Parte dessa soma gastarei em meio quilo de tabaco — pois não consigo viver sem tabaco, e faz nove dias desde que coloquei um cachimbo na boca pela última vez. Para dizer a verdade, eu teria comprado um pouco, mas fiquei com vergonha. Veja, você está aí sofrendo, privando-se de tudo, e eu aqui me consolando com várias amenidades — razão pela qual estou lhe contando isso, para que o remorso não me atormente. Francamente, confesso que estou em apuros e desesperado, Varenka, apuros como nunca conheci antes. Minha senhoria me desdenha, e não desfruto do respeito de ninguém; meus atrasos e dívidas são terríveis; e no escritório, embora nunca tenha achado o lugar exatamente um paraíso, ninguém tem uma única palavra para me dizer. No entanto, escondo; escondo isso cuidadosamente de todos. Eu esconderia minha pessoa da mesma forma, se não fosse necessário comparecer diariamente ao escritório, onde tenho que estar constantemente em guarda contra meus colegas. No entanto, só a você tenho forças para confessar tudo isso. E se não me derem o empréstimo? Não, Varenka, é melhor não pensar nisso, não matar a alma com esses pensamentos. Estou lhe escrevendo isso apenas para alertá-la a não pensar nelas, nem se torturar com imaginações amargas. No entanto, meu Deus, o que será de você, então? É verdade que você não sairia deste apartamento, e eu estaria ao seu lado, mas eu não voltaria, simplesmente desapareceria, sumiria. Agora terminei minha carta e preciso ir me barbear, visto que, quando isso é feito, o homem sempre se sente mais decente, além de se associar mais facilmente com a decência. Deus me ajude! Vou rezar e partir.

M. Diévuchkin.

5 de agosto

Querido Makar Alexievitch,

O senhor não deve se desesperar. Acabe com a melancolia! Estou lhe enviando trinta copeques em prata, e lamento não poder enviar mais. Compre com isso o que for mais necessário para que consiga, de algum modo, passar até amanhã. Nós mesmos estamos quase sem nada e não sei o que será de nós amanhã. Não é terrível, Makar Alexievitch? Mas não fique abatido, não adianta ficar assim. Fedora que ainda não é uma desgraça, que podemos ficar neste apartamento por enquanto, que mesmo que nos mudássemos, quase nada ganharíamos com isso, e que, se quiserem, nos encontrarão onde quer que estejamos. Mesmo assim, não acho que seria bom ficarmos aqui agora. Se eu não estivesse tão triste, eu lhe escreveria mais.

Que homem estranho o senhor é, Makar Alexievitch! Leva tudo tão a sério que nunca sabe o que é ser feliz. Eu leio suas cartas atentamente e posso ver nelas que o senhor se preocupa comigo como nunca se preocupou consigo mesmo. Todos, é claro, diriam que o senhor tem um bom coração, mas eu digo que esse coração é bom até demais. Então, vou lhe dar um pequeno conselho amigável, Makar Alexievitch. Sou muito grata ao senhor, realmente grata por tudo que fez por mim, sou muito consciente de sua bondade; mas, pensar que sou forçada a ver que, apesar de seus próprios problemas (dos quais fui a causa involuntária), o senhor vive apenas para mim... Vive apenas para as minhas alegrias e minhas tristezas e meu afeto! Se o senhor toma tão a sério os problemas dos outros e sofre com as dores alheias com tanta intensidade, então, não há como não ser o mais infeliz dos homens. Hoje, quando o senhor veio me ver após o trabalho no escritório, eu fiquei com medo até de levantar os olhos para os seus, pois o senhor parecia tão pálido e desesperado... Seu rosto estava tão abatido... Sim, o senhor temia ter que me contar sobre sua falha em conseguir um empréstimo — temia ter que me entristecer e alarmar; mas, quando viu que eu estava quase sorrindo, o peso, eu sei, foi retirado do seu coração. Então, não se aflija, não se desespere, mas permita mais liberdade ao seu bom senso. Eu imploro isso, pois não demorará muito até que as coisas comecem a melhorar. Caso contrário, será muito difícil viver sempre angustiado por causa do sofrimento alheio. Adeus, querido amigo. Eu imploro que não se preocupe tanto comigo.

V. D.

5 de agosto

Minha querida pequena Varenka,

Tudo bem, tudo bem, meu anjo! Você acha que ainda não é terrível o fato de não ter conseguido dinheiro. Então está bem, eu também estou tranquilo, também estou feliz por sua causa. Além disso, estou feliz por pensar que você não vai abandonar seu velho amigo, mas pretende permanecer em seus atuais aposentos. De fato, meu coração se encheu de alegria quando li em sua carta essas palavras amáveis sobre mim, bem como um reconhecimento não totalmente injusto dos meus sentimentos. Digo isso não por orgulho, mas porque agora sei o quanto você me ama por estar tão preocupada com meus sentimentos. Que bom pensar que posso falar com você sobre eles! Você me pede, querida, para não ser covarde, mas mesmo assim, diga-me, minha querida, com que botas eu irei ao escritório amanhã? É isso, meu anjinho, esse tipo de pensamento que pode arruinar uma pessoa completamente. O que me salva é que não estou sofrendo por mim mesmo, eu poderia sair no frio mais rigoroso sem casaco e sem botas, eu aguento tudo, não sou nada, mas o que dirão os outros? E os seus amigos, as línguas ferinas, o que dirão quando me virem sem casaco? É pelos outros que se usa um casaco, e talvez também as botas. Em qualquer caso, portanto, eu precisaria de botas para manter a honra e o bom nome; caso contrário, meu calçado esfarrapado teria arruinado ambos. Acredite, querida, acredite na minha longa experiência; ouça este velho que conhece o mundo e as pessoas, e não estes escritores tagarelas.

Mas ainda não lhe contei em detalhes como foi meu dia hoje. Numa só manhã, passei por coisas que outras pessoas não suportariam nem em um ano inteiro. Foi assim: primeiro, saí bem cedo, bem cedinho, para visitar um cavalheiro antes de ir para o escritório. Chuva e neve caíam, e me encolhi no meu capote enquanto caminhava. "Senhor", pensei, "perdoe minhas ofensas e atenda aos meus desejos"; e ao passar pela igreja de N***, fiz o sinal da cruz, confessei todos os meus pecados e me lembrei de que não era digno de poder me comunicar com Deus. Então, fiquei absorto em mim mesmo e tentei não olhar para nada; e assim, segui meu caminho. As ruas estavam vazias, e as pessoas que eu encontrava pareciam todas apressadas e preocupadas; não é de se admirar, pois quem escolheria caminhar ao ar livre tão cedo e com esse tempo? Em seguida, um grupo de trabalhadores esfarrapados me encontrou e me empurrou grosseiramente enquanto passavam; com isso, o nervosismo me dominou, eu me senti inquieto, e já nem pensava mais no dinheiro, só fui seguindo na sorte. Perto da Ponte Voskresenski[24], descolou-se a sola da minha bota e nem sei mais como continuei andando. Ali encontrei Iermolaiev, um escriturário do nosso escritório, que, afastando-se, parou e me seguiu com os olhos, como se implorasse por um copo de vodca. "Ah, amigo", pensei, "não é hora para isso!" Eu estava exausto, parei para descansar um pouco e segui em frente. Deliberadamente continuei procurando por algo em que fixar meus pensamentos, algo com que me distrair, para me encorajar; mas não havia nada. Eu me sujei tanto que tive vergonha de mim mesmo. Então, avistei de longe uma casa com telhado de duas águas[25] construída em madeira amarela. "Aquela", pensei, deve ser a residência do Sr. Markov que Iemelia Ivanovitch mencionou (esse é o tal Markov, minha querida, que me faz empréstimos a juros). Nem pensei em mim mesmo, e mesmo sabendo que era a casa de Markov, mesmo assim perguntei ao porteiro: "De quem é esta casa, meu irmão?" O porteiro era um grosseirão, respondeu de má vontade, como se estivesse bravo com alguém. "É de Markov", ele disse, ranzinza. Todos os porteiros são tão insensíveis? Mas por que eu me importaria com o porteiro? Mas, enfim, fiquei com uma má impressão, como se tudo à minha volta acompanhasse a minha desgraça. Passei pela casa três vezes, rodeando a rua, e quanto mais eu andava, pior ficava meu es-

24 Era uma ponte histórica localizada em São Petersburgo, na Rússia. Construída em 1808, atravessava o Fontanka, conectando as áreas próximas à Rua Liteyny Prospekt. A ponte foi desativada e demolida em 1904 para dar lugar à atual Ponte Liteyny. (N. do R.)

25 Em formato triangular. (N. do R.)

tado de espírito. "Não, ele nunca me emprestaria nada!", pensei. "Ele não me conhece, e meus problemas parecerão ridículos para ele; e minha aparência não ajuda. "Bem", pensei, "vamos ver o que o destino decide. Não vou ser devorado por tentar." E abri o portão devagar. Então, outro problema! Um cachorro idiota e barulhento se agarrou a mim, latindo como um condenado! É curioso notar como pequenos incidentes triviais quase enlouquecem um homem, aterrorizam seu coração e aniquilam o firme propósito com o qual ele se armou. Em todo caso, me aproximei da casa mais morto do que vivo e entrei de cabeça em outra catástrofe. Sem notar a escorregadia entrada, tropecei em uma velha que estava enchendo jarras de leite a partir de um balde! A velha tola derramou tudo, gritou, esperneou e me xingou, e depois me perguntou de onde eu tinha vindo e o que queria; após isso, ela me repreendeu severamente por minha falta de jeito. Sempre encontro algo do tipo quando estou em situações dessa natureza. Parece ser meu destino sempre esbarrar em algo. Com isso, o barulho e a confusão trouxeram para fora a dona da casa — uma velha de aparência mesquinha. Dirigi-me diretamente a ela: "*Sr.* Markov mora aqui?", foi minha pergunta. "Não", ela respondeu, e então ficou me olhando educadamente. "Mas o que você quer com ele?", ela continuou; ao que eu lhe contei sobre Iemelia Ivanovitch e o resto do assunto. Assim que terminei, ela chamou sua filha — uma garota descalça em seus anos de adolescência — e mandou que ela chamasse seu pai lá em cima. Enquanto isso, fui levado para uma sala que continha vários retratos de generais nas paredes e estava mobiliada com um sofá, uma grande mesa e alguns vasos de miosótis e bálsamo. "Devo ir ou não (venha o que vier)?", foi meu pensamento enquanto esperava ali. Ah, como eu desejava fugir! "Sim", continuei, "é melhor voltar amanhã, pois o tempo pode estar melhor, e eu não terei derramado o leite, e esses generais não estarão olhando para mim tão ferozmente." Na verdade, eu já havia começado a me mover em direção à porta quando *Sr.* Markov entrou — um homem de cabelos grisalhos com olhos furtivos, vestido com um roupão sujo amarrado com um cordão. Cumprimentos feitos, gaguejei algo sobre Iemelia Ivanovitch e quarenta rublos, e nem terminei, pois os olhos dele me diziam que a coisa estava perdida. "Não", disse ele, "não tenho dinheiro. Além disso, que garantia você poderia me oferecer?" Admiti que não podia oferecer nenhuma, mas novamente acrescentei algo sobre Iemelia, bem como sobre minhas necessidades urgentes. Markov me ouviu e então repetiu que não tinha dinheiro. "Ah", pensei, "eu deveria ter desconfiado, eu poderia ter previsto isso!" E, para dizer a verdade, Varenka, eu poderia ter desejado que o chão se abrisse sob meus pés; tão gelado eu me senti quando ele disse o que disse, tão entorpecidas minhas pernas ficaram enquanto calafrios começavam a correr pela minha espinha. Assim fiquei olhando para ele enquanto me devolvia o olhar com algo que dizia: "Bem, rapaz... Por que você não vai embora, já que não tem mais nada a fazer aqui?" De alguma forma me senti culpado. "Como é que acabou precisando tanto de dinheiro?", era o que ele parecia estar perguntando; ao que eu abri minha boca (qualquer coisa, em vez de ficar ali sem motivo algum!), mas descobri que ele nem estava ouvindo. "Não tenho dinheiro", ele disse novamente, "ou eu lhe emprestaria com prazer." Várias vezes repeti que eu mesmo possuía um pouco e que reembolsaria qualquer empréstimo dele pontualmente, muito pontualmente, e que ele poderia cobrar o juro que quisesse, pois eu o pagaria sem falha. Sim, naquele momento eu me lembrei de nossas desventuras, nossas necessidades, e me lembrei do seu meio rublo. "Não", disse ele, "não posso lhe emprestar nada sem uma garantia", e selou com um juramento, o canalha!

Como consegui sair da casa e, passando pela Rua Viborskaia, chegar à Ponte Voskresenski, não sei. Só me lembro de estar terrivelmente cansado, encharcado e morto de frio, e que seriam dez horas quando eu chegasse ao escritório. Chegando lá, tentei me limpar um pouco, mas Snegiev, o porteiro, disse que era impossível fazer isso e que eu só estragaria a escova, que pertencia ao governo. Assim, minha querida... É assim que tais sujeitos me avaliam, menos que o capacho em que eles limpam suas botas! E sabe o que me mata? Não é a falta de dinheiro, mas essas aflições da vida, esses sussurros e acenos e zombarias. Qualquer dia, Sua Excelência mesmo pode se virar contra mim. Ah, querida, meus dias de ouro se foram. Hoje fiquei lendo suas cartas, e a leitura delas me deixou triste. Adeus, minha querida, e que o Senhor a proteja!

M. Diévuchkin.

P.S. — Para esconder minha tristeza, eu teria escrito esta carta meio brincando; mas, a capacidade de brincar não me foi dada. Meu único desejo, no entanto, é proporcionar-lhe alegria. Logo irei visitá-la, querida. Com certeza, irei visitá-la.

11 de agosto

Ó Varvára Alexeievna, estou arruinado,

Nós dois estamos arruinados! Ambos estamos perdidos irremediavelmente! Tudo está arruinado: minha reputação, meu amor-próprio, tudo que tenho no mundo! E você tanto quanto eu. Nunca recuperaremos o que perdemos. *Eu*, *eu* a levei a essa situação, pois me tornei um pária, minha querida. Em todos os lugares sou ridicularizado e desprezado. Até minha senhoria começou a me insultar. Hoje ela me sobrecarregou com repreensões estridentes e me rebaixou ao nível de uma escova de lareira. E ontem à noite, quando estava nos aposentos de Ratazaiév, um de seus amigos começou a ler uma carta rascunhada que eu tinha escrito para você e que, inadvertidamente, deixei cair do meu bolso. Oh, amada, como riram! Como aqueles patifes zombaram e nos ridicularizaram! Eu me aproximei deles e acusei Ratazaiév de quebrar a minha confiança. Disse que ele havia me traído. Mas ele apenas respondeu que *eu* tinha sido o traidor no caso, por me envolver assim em casos amorosos. "Você os manteve muito escondidos, Sr. Lovelace!", disse ele — e agora sou conhecido em todos os lugares por esse nome de "Lovelace". Eles sabem tudo sobre nós, minha querida, tudo — tanto sobre você e seus assuntos quanto sobre mim; e quando hoje eu estava para enviar Faldoni à padaria, ele se recusou a ir, dizendo que não era trabalho dele. "Mas você deve ir", disse eu. "Não irei", ele respondeu. "Você não pagou à minha senhora o que deve a ela, então não sou obrigado a lhe fazer esses favores." Diante de tal insulto de um camponês rude, perdi a calma e o chamei de idiota; ao que ele respondeu: "Idiota é você!". A partir daí, pensei que ele estivesse bêbado e lhe disse isso; foi quando ele respondeu: "Foi você quem me deu a bebida? Você mesmo vive pedindo esmolas de dez copeques por aí, e ainda se diz patrão!" A que ponto cheguei! Viver assim, Varenka, é vergonhoso! É como se eu fosse um louco qualquer, pior que um vagabundo sem documentos. Que desgraça! Estou perdido, simplesmente perdido, perdido para sempre.

M. D.

13 de agosto

Meu querido Makar Alexievitch,

É verdade que a desgraça segue a desgraça. Eu mesma mal sei o que fazer. No entanto, não importa como o senhor esteja, não deve esperar ajuda de mim, pois hoje mesmo queimei minha mão esquerda com o ferro! Ao mesmo tempo, deixei cair o ferro e me queimei! Agora não consigo mais trabalhar. Além disso, nos últimos três dias, Fedora esteve doente. Minha ansiedade está se tornando torturante. No entanto, envio-lhe trinta copeques em prata, quase as últimas moedas que me restam, por mais que eu quisesse poder ajudá-lo mais quando está tão necessitado. Sinto-me irritada a ponto de chorar. Adeus, querido amigo meu. O senhor me trará muito conforto se vier me ver hoje.

V. D.

14 de agosto

O que há com o senhor, Makar Alexievitch? Certamente não teme a Deus como deveria? O senhor não está simplesmente me levando à loucura, mas também se arruinando, pense só na sua reputação! O senhor é um homem de honra, nobreza de caráter e amor-próprio, e quando todos souberem disso? Vou morrer de vergonha! Certamente deveria ter mais consideração pelos seus cabelos grisalhos. Não, o temor de Deus se afastou do senhor. Fedora lhe disse que está fora do meu alcance continuar ajudando-o. Veja, portanto, a que ponto o senhor me trouxe! Provavelmente acha que não ligo para o seu comportamento; provavelmente não percebe o quanto me fez sofrer. Eu nem mesmo ouso pisar na escada, pois, se o fizer, serei encarada, apontada e tratada de maneira horrível. Sim, até dizem que estou "andando com um bêbado". Que coisa para se ouvir! E sempre que o senhor é levado para casa bêbado, as pessoas dizem: "Estão trazendo aquele funcionário." Não é assim que deve me compelir a ajudá-lo. Juro que deixarei este lugar e arranjarei trabalho como cozinheira ou lavadeira. É impossível para mim ficar aqui. Há muito tempo escrevi e pedi para vir me ver, mas o senhor não veio. Realmente minhas lágrimas e orações não devem significar nada, Makar Alexievitch! De onde, também, o senhor tirou o dinheiro para sua libertinagem? Pelo amor de Deus, tenha mais cuidado consigo mesmo, ou será arruinado. Como é vergonhoso, como é abominável de sua parte! Então, a senhoria não o admitiu ontem à noite e o senhor passou a noite na soleira da porta? Oh, eu sei de tudo isso. No entanto, se ao menos você pudesse ter visto minha agonia quando soube da notícia...! Venha me ver, Makar Alexievitch, e seremos felizes juntos novamente. Sim, leremos juntos e falaremos sobre os velhos tempos, e Fedora lhe contará sobre suas peregrinações nos dias passados. Pelo amor de Deus, querido, não arruíne a si mesmo e a mim. Vivo só pelo senhor; é por sua causa que ainda estou aqui. Seja o senhor mesmo novamente — aquele que ainda pode permanecer firme diante da desgraça. A pobreza não é um crime; sempre se lembre disso. Afinal, por que devemos nos desesperar? Nossas dificuldades atuais passarão, e Deus nos ajudará. Apenas seja corajoso. Envio-lhe dois *grivenniks*[26] para a compra de um pouco de tabaco ou qualquer outra coisa de que precise; mas, pelo amor de Deus, não gaste o dinheiro tolamente. Venha me ver em breve; venha sem falta. Talvez sinta vergonha de me encontrar, como antes, mas não precisa se sentir assim — essa vergonha seria indevida. Apenas venha com arrependimento sincero e confiança em Deus, que ordena todas as coisas para o melhor.

V. D.

---

26 Antiga moeda russa equivalente a dez copeques. (N. do R.)

19 de agosto

Minha querida Varvára Alexeievna,

Sim, estou com vergonha de encontrar com você, minha querida — estou envergonhado. Ao mesmo tempo, o que há nisso tudo? Por que não podemos nos alegrar novamente? Por que eu deveria me importar com as solas dos meus pés aparecendo através das minhas botas? A sola do pé é algo insignificante — nunca será nada além de apenas uma sola suja e vil. E as botas também não importam. Os sábios gregos costumavam andar sem elas, então por que deveríamos nos mimar com tais coisas? No entanto, por que também devo ser insultado e desprezado por causa delas? Diga a Fedora que ela é uma mulher velha tagarela, cansativa e inexpressivelmente tola. Quanto aos meus cabelos grisalhos, você está completamente enganada sobre eles, já que não sou tão velho quanto você pensa. Iemelia lhe envia saudações. Você escreve que está em grande aflição e tem chorado. Bem, eu também estou em grande aflição e tenho chorado. Desejo-lhe o melhor de saúde e felicidade, assim como estou bem e feliz enquanto puder ficar aqui, minha querida.

Seu amigo,

Makar Diévuchkin.

21 de agosto

Minha querida e amável Varvára Alexeievna,

Sinto que sou culpado, sinto que pequei contra você. No entanto, também sinto, pelo que você diz, que não adianta eu me sentir assim. Mesmo antes de pecar, eu já me sentia como agora; mas cedi ao desespero, assim como reconheci a minha culpa. Querida, não sou cruel ou de coração duro. Dilacerar sua pequena alma seria o ato de um tigre sanguinário, enquanto eu tenho o coração de uma ovelha. Você mesma sabe que não sou inclinado à crueldade, e, portanto, que realmente não posso ser culpado da falha em questão, visto que nem minha mente, nem meu coração participaram dela. Nem posso entender onde está a culpa. Para mim, tudo é um mistério. Quando você me enviou aqueles trinta copeques, e depois aqueles dois *grivenniks*, meu coração afundou dentro de mim enquanto olhava para o pobre dinheirinho. Pense bem: embora você tenha queimado a mão e logo vá passar fome, escreveu que eu deveria comprar tabaco! O que eu deveria fazer? Roubar impiedosamente de você, uma órfã, como um bandido qualquer faria? Eu me senti muito deprimido, querida. Ou seja, convencido de que nunca faria nada de bom com minha vida, e que era inferior até à sola da minha própria bota; tomei na cabeça que era absurdo eu aspirar a algo — pelo contrário, que eu deveria me considerar uma desgraça e uma abominação. Uma vez que um homem perde o amor-próprio e decide abjurar suas melhores qualidades e dignidade humana, ele cai de cabeça e não pode escolher senão fazê-lo. Está decretado pelo destino, e, portanto, não sou culpado disso. Naquela noite, saí apenas para tomar um pouco de ar fresco, mas uma coisa levou à outra — o tempo estava frio, toda a natureza estava triste, e eu encontrei Iemelia. Esse homem tinha gasto tudo que possuía e, no momento em que o encontrei, não tinha comido um pedaço de pão há dois dias. Ele tentou ganhar um dinheiro penhorando, mas os objetos que tinha para esse fim foram recusados pelos penhoristas. Foi mais por compaixão humana do que por vontade própria que cedi. Foi assim que cometi esse pecado, querida, e choramos juntos! Lembramos de você. Sim, ele é um homem de coração bondoso, uma pessoa muito sensível. Eu, minha querida, sinto tudo isso também; por isso é que tudo me acontece — porque sinto demais. Eu sei o quanto lhe devo, minha pombinha! Assim que conheci você, passei a me conhecer melhor e comecei a amar você. Antes de você, meu anjinho, eu estava só, eu estava, por assim dizer, dormindo em vez de viver. Antigamente, meus colegas patifes costumavam me dizer que eu não era digno sequer de ser visto; na verdade, eles me detestavam tanto que, com o tempo, passei a me detestar também, pois, sendo frequentemente dito que eu era estúpido, comecei a acreditar que realmente era. Mas no instante em que você entrou na minha vida, iluminou os lugares escuros dela, iluminou meu coração e minha alma. Gradualmente, ganhei descanso de espírito, até que passei a ver que não era menos que outros homens, e que, embora não tivesse estilo, singularidade ou polimento, ainda assim era um homem quanto aos meus pensamentos e sentimentos. Mas agora, ai de mim! Perseguido e desprezado pelo destino, novamente me permiti abjurar minha própria dignidade. Oprimido pela desgraça, perdi a coragem. Aqui está minha confissão para você, querida. Com lágrimas, imploro que não investigue mais o assunto, pois meu coração está se partindo e a vida se tornou realmente difícil e amarga para mim. Amada, ofereço-lhe meu respeito e permaneço sempre seu fiel amigo,

Makar Diévuchkin.

3 de setembro

A razão pela qual não terminei minha última carta, Makar Alexievitch, foi que me era penoso escrever. Há momentos em que estou feliz por estar sozinha — por estar só com a minha tristeza, por sentir saudades sozinha sem partilhar isso com ninguém — e esses momentos têm se tornado cada vez mais frequentes. Há nas minhas lembranças algo de tão inexplicável para mim, algo que me arrebata de forma tão inconsciente, tão intensa, que passo horas inteiras alheia a tudo ao meu redor, esquecendo-me completamente do presente. Na verdade, na minha vida atual não há uma única impressão sequer — agradável ou não — que não me lembre de algo semelhante do meu passado. E com mais frequência, é da minha infância dourada que me lembro. No entanto, tais momentos sempre me deixam deprimida. Eles me enfraquecem e esgotam minha imaginação; com o resultado de que minha saúde, já tão frágil, piora cada vez mais.

No entanto, esta manhã está fresca e sem nuvens, como raramente temos no outono. O ar me revigorou e eu o saúdo com alegria. No entanto, pensar que já chegou o outono! Como eu amava o outono no campo! Embora ainda criança, eu já sentia muitas coisas. Eu preferia o entardecer do outono ao amanhecer. Lembro-me de como, ao lado de nossa casa, ao pé de uma colina, havia um grande lago… E como o lago — posso vê-lo até agora! — brilhava com uma superfície ampla e nivelada, tão clara quanto um cristal. Em noites tranquilas, o lago ficava em repouso, e nenhum sussurro perturbava as árvores que cresciam em suas margens e se projetavam sobre a vasta extensão de água. Como parecia fresco, ainda que frio! O orvalho caía sobre a relva, as luzes começavam a acender nas cabanas da margem do lago, e o gado era trazido de volta. Então, silenciosamente, eu escapulia para fora de casa, para ver meu amado lago e me perder em contemplação. Aqui e ali, uma claridade surgia da fogueira de um pescador, queimando à beira da água, e o reflexo da chama se espalhava ao longo do lago. Acima, o céu era de um azul frio, com faixas avermelhadas e flamejantes no horizonte, que aos poucos iam empalidecendo; e quando a lua surgia, o ar ficava tão sonoro que o bater de asas de um pássaro assustado, o tilintar dos juncos ao menor sopro de vento ou o salto de um peixe na água — tudo se podia ouvir perfeitamente. Da água azul elevava-se uma neblina branca, tênue, translúcida, e embora, à distância, a noite estivesse se aproximando e parecendo envolver todo o horizonte, o que estava perto ganhava contornos nítidos, como se fosse esculpido em mármore: margens, barcos, pequenas ilhas, tudo. À margem, um barril abandonado balançava suavemente na água; um galho de laburno, com folhas amareladas, enroscava-se nos juncos; e uma gaivota dava voos rasantes, mergulhava na água fria e logo sumia no nevoeiro. Como eu observava e ouvia essas coisas! Como tudo isso parecia estranhamente bom! Mas eu era apenas uma criança naquela época — apenas uma criança.

Sim, eu amava tanto o outono — o final do outono, quando os grãos já estavam recolhidos, as tarefas do campo terminadas, começavam as reuniões noturnas nas cabanas, e todos aguardavam o inverno. Então tudo se tornava mais misterioso, o céu cobria-se de nuvens, folhas amarelas cobriam os caminhos da floresta nua, e a paisagem ficava azulada, enegrecida — especialmente ao entardecer, quando a névoa úmida se espalhava e as árvores emergiam nas profundezas como gigantes, como fantasmas estranhos e sem forma. Se eu me atrasava no passeio, separando-me dos outros, e caminhava sozinha, com pressa, sentia medo! Tremia como uma folha! Pensava: "daqui a pouco vai aparecer um ser estranho espiando de dentro da escuridão de uma árvore oca!" E então o vento corria pela floresta, assobiava e uivava pela floresta — gemendo com um som faminto enquanto arrancava as folhas dos galhos e as arremessava pelo ar. Alto, acima do topo das árvores, em uma barulhenta multidão, voavam, com gritos ressonantes, bandos de pássaros que pareciam escurecer e cobrir os céus. Então, uma estranha sensação tomava conta, até que se tinha a impressão de ouvir a voz de alguém sussurrando: "Corra, corra, criança pequena! Não fique fora até tarde, pois este lugar logo se tornará terrível! Corra, criança pequena! Corra!" E com essas palavras, um terror engolia a minha alma, e eu corria e corria até que o fôlego se esgotasse — até que, ofegante, eu chegava em casa. Lá, no entanto, tudo parecia iluminado e agitado, enquanto nós, crianças, éramos colocadas para descascar alimentos; a lenha úmida estalava no fogão, nossa mãe vinha olhar carinhosamente nosso trabalho, e nossa velha babá, Iliana, contava histórias dos tempos passados ou lendas terríveis sobre magos e mortos. Ao ouvir isso, nós, os pequenos, nos aproximávamos uns dos outros, mas ainda assim sorríamos; e de repente, todos ficavam em silêncio. Será que alguém tinha batido à porta...? Mas não, não; era apenas o som da roca de fiar de Frolovna. Quantas risadas surgiam por causa disso! Depois, à noite, não conseguíamos dormir de medo dos sonhos estranhos que vinham nos visitar; ao acordar, mal ousávamos nos mexer, tremíamos sob o cobertor até o amanhecer. E pela manhã, levantávamos vivazes como pássaros e olhávamos pela janela, e víamos os campos cobertos pela geada, delicadas formas de gelo penduradas nos galhos nus, o lago coberto de uma fina camada, tão fina quanto papel, um vapor branco subindo da superfície, e pássaros voando no céu e cantando alegremente. O sol brilhava com raios dourados, que estilhaçavam o gelo fino como se fosse de vidro. Tudo era claro, alegre e radiante; e à medida que o fogo começava a estalar novamente no fogão, nós nos sentávamos ao redor do samovar, enquanto, após o frio noturno, nosso cachorro preto, Polkan, nos olhava pela janela e balançava o rabo amigavelmente. Um camponês passava com seu cavalo vigoroso a caminho da floresta para cortar lenha, e todos estavam tão felizes! Ah, que infância dourada a minha!

E agora aqui estou eu, chorando feito criança, tomada por minhas lembranças. Tudo, tudo me voltou tão claramente à minha memória! O passado se destacou tão vividamente diante de mim! No entanto, no presente tudo parece sombrio e escuro! Como tudo isso vai acabar? Como? Sabe, tenho um pressentimento, uma espécie de premonição, de que vou morrer neste outono que se aproxima; pois me sinto terrivelmente, oh, tão terrivelmente doente! Muitas vezes penso na morte, mas sinto que não gostaria de morrer aqui e ser sepultada no solo de São Petersburgo. Mais uma vez tive que me deitar, como fiz na última primavera, pois nunca realmente me recuperei. Na verdade, me sinto tão deprimida! Fedora saiu por um dia inteiro e estou sozinha. Há muito tempo tenho medo de ficar sozinha, pois sempre imagino que há mais alguém no quarto, e que essa pessoa está falando comigo; especialmente quando mergulho em devaneios e depois acordo repentinamente, sentindo-me confusa. É por isso que fiz esta carta tão longa; pois, quando estou escrevendo, esse humor passa. Adeus. Não tenho mais tempo nem papel para continuar, e preciso encerrar. Do dinheiro que economizei para comprar um novo vestido e chapéu, resta apenas um rublo; mas estou feliz que o senhor tenha conseguido pagar dois rublos à sua senhoria, pois isso a manterá quieta por um tempo. E o senhor deve arrumar algumas roupas novas.

Adeus mais uma vez. Estou tão cansada! E não consigo entender por que estou ficando tão fraca — por que é que até a menor tarefa agora me cansa? Mesmo que o trabalho apareça, como vou fazê-lo? Isso é o que mais me preocupa.

V. D.

5 de setembro

Minha querida Varenka,

Hoje vivenciei uma variedade de coisas. Primeiramente, minha cabeça estava doendo e, ao cair da tarde, saí para respirar ar fresco ao longo do Canal Fontanka. O tempo estava úmido e abafado, e mesmo às seis horas, já começava a escurecer. Na verdade, não estava chovendo de fato, mas havia apenas uma névoa, enquanto o céu estava listrado com massas de nuvens que pareciam arrastadas. Multidões de pessoas apressavam-se pela Rua Naberezhnaya, com rostos que pareciam estranhos e desanimados. Havia camponeses bêbados, velhas ranzinzas de chinelo, artesãos descalços, condutores de carruagens, todo tipo de mendigo, meninos, um aprendiz de serralheiro em um avental listrado, com feições magras e cadavéricas que pareciam ter sido lavadas em óleo rançoso; um ex-soldado vendendo canivetes e anéis de cobre e assim por diante. Naquela hora se esperaria encontrar apenas tais pessoas. E quantos barcos havia no canal... Era de se admirar como todos conseguiam encontrar espaço ali. Em cada ponte, havia senhoras vendendo bolachas molhadas e maçãs murchas, todas sujas e encharcadas. Em suma, a Fontanka é um local triste para se caminhar, pois há granito molhado sob os pés, edifícios altos e sombrios de todos os lados, névoa úmida em todos os cantos. Sim, tudo estava escuro e melancólico naquela noite.

Ao retornar à Rua Gorokovaia, já estava escuro e as lâmpadas estavam acesas. No entanto, não demorei muito naquele local específico, pois a Rua Gorokovaia é um lugar barulhento demais. Mas que lojas suntuosas ela contém! Tudo reluz e as vitrines estão cheias de cores brilhantes, tecidos e chapéus de diferentes formas. Poderia pensar que estavam decoradas apenas para exibição; mas não, as pessoas compram essas coisas e as dão para suas esposas! Sim, é um lugar suntuoso. Hordas de comerciantes alemães ficam por lá, devem ser todos bem de vida. E as quantidades de carruagens que passam pela rua! Uma maravilha que o pavimento possa suportar tantos veículos esplêndidos, com janelas como cristal, forros de seda e veludo, e lacaios vestidos com dragonas e portando espadas! Espiei algumas delas e vi que continham damas de várias idades. Talvez fossem princesas e condessas! Provavelmente naquela hora essas pessoas estavam se apressando para ir a bailes e outros encontros. De fato, era interessante poder olhar tão de perto para uma princesa ou para uma respeitável dama. Todas eram muito elegantes. De qualquer forma, nunca antes havia visto pessoas como as que vi naquelas carruagens...

Então pensei em você. Ah, minha querida, como penso em você e sinto meu coração despedaçar. Como é possível que você seja tão infeliz, Varenka? Como é possível que esteja em uma situação tão pior que as outras pessoas? Em meus olhos, você é bondosa, bonita e inteligente — por que, então, um destino tão malévolo recaiu sobre você? Como é possível que esteja desolada, logo você, um ser humano tão bom! Enquanto para outros a felicidade chega sem qualquer convite? Sim, eu sei, eu sei muito bem que não devo dizer isso, pois fazê-lo tem sabor de livre-pensamento; mas por que aquele corvo, o Destino, deve grasnar sobre a sorte de uma pessoa enquanto ela ainda está no ventre de sua mãe, enquanto permite que outra saia feliz do lar que a criou? Até para um idiota como Ivanushka essa felicidade é às vezes concedida. "Você, seu tolo Ivanushka", diz o Destino, "herdará o dinheiro do seu avô e comerá, beberá e será feliz; enquanto você (tal e tal outra pessoa) não fará mais do que lamber o prato, já que é tudo para o que você serve." Sim, eu sei que é errado ter tais opiniões, mas involuntariamente o pecado de fazê-lo cresce em minha alma. No entanto, é você, minha querida, quem deveria estar andando em uma dessas carruagens. Generais teriam vindo cortejá-la e, em vez de estar vestida com um simples vestido de algodão, estaria caminhando com trajes de seda e ouro. Você não estaria magra e pálida como agora, mas bela, robusta e corada como os adornos em um bolo bem adocicado. Então eu também estaria feliz — feliz apenas por poder olhar suas janelas iluminadas da rua e observar sua sombra — feliz apenas por pensar que você está bem e feliz, meu doce passarinho! No entanto, como são as coisas na realidade? Não apenas pessoas más a levaram à ruína, como também um velho libertino veio para insultá-la! Só porque ele anda por aí de sobrecasaca e pode olhar para você através de uma lorgnette banhada em ouro, o bruto pensa que tudo vai cair em suas mãos; que você é obrigada a ouvir sua condescendência insultante! Para o inferno com ele! Mas por que isso acontece? É porque você é órfã, está desprotegida, e não tem um amigo poderoso para lhe oferecer o apoio decente que lhe é devido. O que tais fatos importam para um homem ou homens aos quais insultar uma órfã é uma ofensa permitida? Tais sujeitos não são homens de verdade, mas apenas vermes, não importa o que eles pensem que são. Disso tenho certeza. Pois, um tocador de realejo[27] que encontrei na Rua Gorokovaia inspiraria mais respeito do que eles, pois pelo menos ele anda o dia todo e passa fome; pelo menos ele procura uma moeda perdida para sua subsistência, e é, portanto, um verdadeiro cavalheiro, pois se sustenta. Ele teria vergonha de pedir esmolas; e, além disso, trabalha pelo bem da humanidade, assim como uma máquina de fábrica. "Faço o possível", diz ele, "para agradar vocês." Verdade, ele é um mendigo, e nada além de um mendigo; mas, pelo menos, ele é um mendigo honrável. Embora cansado e faminto, ele ainda continua trabalhando — trabalhando à sua maneira peculiar, mas ainda assim realizando um trabalho honesto. Sim, muitos companheiros decentes cujo trabalho pode ser desproporcional à sua utilidade não se curvam a ninguém e não mendigam o pão de ninguém. Eu mesmo me pareço com esse tocador de realejo. Ou seja, não exatamente ele, mas me pareço com ele neste aspecto, pois trabalho de acordo com minhas capacidades, e na medida do possível. Mais do que isso não se pode pedir de ninguém; nem eu deveria ser julgado para fazer mais.

Ainda sobre o tocador de realejo, posso lhe dizer, querida, que hoje vivenciei uma dupla infelicidade. Enquanto olhava para ele, certos pensamentos me vieram à mente e fiquei absorto em devaneios. Alguns taxistas também haviam parado no local, assim como uma jovem, com uma menina ainda menor vestida em farrapos. Essas pessoas haviam parado ali para ouvir o músico, que estava tocando em frente às janelas de alguém. Em seguida, avistei um garotinho de cerca de dez anos — um menino que seria bonito não fosse o fato de seu rosto estar pálido e doentio. Quase descalço e vestido apenas com uma camisa, ele estava parado, boquiaberto, ouvindo a música — uma cena lamentável. Mais perto do tocador, alguns outros garotos estavam dançando, mas no caso desse menino suas mãos e pés pareciam adormecidos, e ele continuava mordendo a ponta da manga da camisa e tremendo. Além disso, notei que

27 Instrumento musical mecânico, semelhante a um órgão de manivela. (N. do R.)

ele tinha um papel em suas mãos. Logo depois, um cavalheiro passou e jogou uma moeda pequena para o músico, que caiu direto em uma caixa adornada com a figura de um francês e algumas damas. No instante em que ouviu o barulho da moeda, o menino se assustou, olhou timidamente ao redor e, evidentemente, decidiu que fui eu quem tinha jogado o dinheiro; então, ele correu até mim com suas mãozinhas tremendo e disse, com uma voz também trêmula, enquanto me oferecia seu papel: "P-por favor, leia isso." Virei o papel e vi que estava escrito o que é usual nessas circunstâncias. "Amigos bondosos, sou uma mãe doente com três filhos famintos. Por favor, ajude-me. Embora em breve eu esteja morta, se vocês não se esquecerem dos meus pequeninos neste mundo, também não me esquecerei de vocês no mundo vindouro." A coisa parecia clara o suficiente; era uma questão de vida ou morte. No entanto, o que eu daria ao garoto? Bem, eu não dei nada. Mas meu coração doía por ele. Tenho certeza de que, embora tremendo de frio e talvez com fome, o pobre menino não estava mentindo. Não, não; ele não estava mentindo. O que é vergonhoso é que tantas mães não cuidem de seus filhos, mas os mandem para o frio, seminus. Talvez a mãe do menino também fosse uma velha irresponsável e sem caráter? Ou talvez ela não tivesse ninguém para trabalhar por ela, e fosse forçada a ficar sentada, de pernas cruzadas — uma verdadeira inválida? Ou talvez ela fosse apenas uma velha trapaceira acostumada a enviar meninos famintos e pálidos para enganar o público? O que tal menino vai aprender com a mendicância? Seu coração logo se tornará insensível, pois, enquanto corre pedindo esmolas, as pessoas passam por ele e não lhe dão nada. Sim, seus corações são como pedras, e suas respostas são rudes e duras. "Vá embora", dizem elas, "você está apenas tentando nos enganar." Ele ouve isso de todos, e seu coração se endurece; ele treme em vão com o frio, como um pobre passarinho que caiu do ninho. Suas mãos e seus pés congelam, e sua respiração se dá com dificuldade; até que, veja bem, ele começa a tossir, e a doença, como um parasita impuro, abre caminho em seu peito até que a morte o alcance em algum canto fétido de onde não há chance de escapar. Sim, essa é a vida dele. Há muitos casos assim. Ah, Varenka, como é doloroso ouvir um “Pelo amor de Deus!” e passar reto, não dar nada, e dizer apenas: “Deus proverá!” Claro, existem muitos tipos de "pelo amor de Deus". Alguns são longos, monótonos e ensaiados, típicos dos mendigos. Esses pelo menos, não machucam tanto, são súplicas de mendigos acostumados, que sabem como sobreviver. Mas outras súplicas são terrivelmente cruas, como hoje, quando peguei o papel do pobre menino. Ele estava parado na sarjeta sem falar com ninguém — exceto que finalmente disse para mim: “Pelo amor de Cristo, me dê uma moeda!”, com uma voz tão rouca e cortante que eu me arrepiei e senti uma sensação estranha no coração, embora não lhe tenha dado uma moeda. Não tinha. E ainda há os ricos que não gostam que os pobres se queixem de sua sorte tão alto. Dizem que incomodam e que são inconvenientes! A pobreza é sempre inconveniente — os gemidos de fome não os deixam dormir, talvez?

Para dizer a verdade, minha querida, escrevi o que precede não apenas para aliviar meu coração, mas também, ainda mais, para lhe dar um exemplo do excelente estilo em que posso escrever. Você mesmo reconhecerá que meu estilo foi formado há muito tempo, mas ultimamente tais acessos de desânimo se apoderaram tanto de mim que ele começou a corresponder aos meus sentimentos; e embora eu saiba que essa simpatia nada muda, pelo menos me faz uma certa justiça. Pois não infrequentemente acontece que, por algum motivo, uma pessoa se sente rebaixada, inclinada a não se valorizar em nada e a se considerar menos que um pano de prato; comparativamente, talvez isso ocorra porque eu esteja me sentindo assediado e deprimido, como o pobre menino que hoje me pediu esmolas. Deixe-me contar uma alegoria, querida, e preste atenção nela. Frequentemente, ao me apressar para o escritório pela manhã, olho ao redor da cidade — observo-a despertando, saindo da cama, acendendo suas lareiras, fazendo seu café da manhã e começando a falar; e ao ver, começo a me sentir menor, como se alguém tivesse dado um tapa no meu nariz curioso. Sim, nesses momentos, eu me encolho junto a um sentimento de humilhação total em meu coração. Pois bastaria ver o que está acontecendo dentro desses grandes e sujos prédios da capital, penetrar em suas paredes para perceber imediatamente quanta razão há para autodepreciação e introspecção. Claro, você notará que estou falando figurativamente, e não literalmente.

Vamos ver o que está acontecendo dentro desses prédios. Lá, num canto úmido, num cubículo que, por necessidade, é chamado de lar, um artesão qualquer acaba de acordar do sono. Ele sonhou a noite toda — se tal sujeito insignificante for capaz de sonhar — com botas as quais ele estragou no dia anterior, por engano, como se só isso pudesse aparecer nos sonhos! Mas, em se tratando de um sapateiro, tudo bem ele pensar somente nisso. Perto dele, os filhos estão chorando e sua esposa está faminta. Ele não é o único homem que tem que saudar o dia dessa maneira. Na verdade, isso não seria nada — nem mereceria ser escrito, mas aqui está o detalhe: nesse mesmo prédio, em algum andar acima ou abaixo, outra pessoa — uma pessoa de grande riqueza —, também pode ter sonhado com as mesmas botas; num estilo diferente, claro, mas, mesmo assim, botas. Porque, no que me diz respeito, entendo, minha querida, que todos nós, no fundo, somos um pouco sapateiros. Isso, novamente, não seria um problema, não fosse o fato de que a pessoa rica não tem ninguém para sussurrar em seu ouvido: "Por que você pensa só em si mesmo? Vive só para si mesmo? Você não é sapateiro, seus filhos estão bem, sua esposa não está com fome. Olhe ao redor. Não consegue encontrar um assunto mais adequado para os teus pensamentos do que suas botas?" É isso o que quero te dizer em linguagem alegórica, Varenka. Talvez seja um pensamento por demais livre, querida; mas, tais ideias continuam surgindo em minha mente e encontrando expressão em um discurso impetuoso. Por que, então, eu deveria dizer que não valho um tostão só porque tenho medo do barulho e do tumulto da cidade? Talvez você pense que estou exagerando — que isso é apenas um capricho meu ou que estou citando de um livro. Não, não, Varenka. Você pode ter certeza de que não é assim. Eu abomino exageros, não tenho nada a ver com caprichos e nem estou citando nada.

Cheguei em casa hoje em um estado de espírito melancólico. Sentando-me à mesa, aqueci um pouco de chá e estava prestes a beber um segundo copo, quando Gorshkov, o pobre inquilino, entrou. Já nesta manhã, notei que ele estava rondando os outros inquilinos e também parecia querer falar comigo. Só de ver passar, posso dizer que suas circunstâncias são infinitamente piores do que as minhas; ele tem uma esposa e filhos! De fato, se eu fosse ele, não sei o que faria. Bem, ele entrou no meu quarto e me cumprimentou com uma pequena lágrima ramela, como sempre, em seus cílios, seus pés se arrastando e sua língua inicialmente incapaz de articular uma palavra. Eu o convidei para se sentar (em uma cadeira bastante ruim, mas eu não tinha outra) e perguntei se ele queria uma xícara de chá. A isso ele se opôs — por muito tempo ele se opôs, mas finalmente aceitou a oferta. Em seguida, ele estava bebendo o chá sem açúcar e renovando suas desculpas, mas no açúcar eu insisti. Após longa resistência e muitas recusas, ele consentiu com um pouco, mas apenas o mínimo possível; após isso, ele me assegurou de que seu chá estava perfeitamente doce. A que níveis de humilhação a pobreza pode reduzir um homem! "Bem, o que foi, meu bom senhor?" Perguntei a ele; ao que ele respondeu: "É isso, Makar Alexievitch: você já foi meu benfeitor antes. Rezo novamente para mostrar-me a caridade de Deus e ajudar minha infeliz família. Minha esposa e filhos não têm nada para comer. Pensar que um pai deve dizer isso!" Eu estava prestes a falar novamente quando ele me interrompeu. "Veja bem", ele continuou, "tenho medo dos outros inquilinos aqui. Não que eu os tema, mas tenho vergonha de me dirigir a eles, pois são um bando de homens orgulhosos e presunçosos. Nem teria incomodado você, meu amigo e benfeitor, não fosse o fato de eu saber que você mesmo já experimentou infortúnio e está endividado; portanto, me aventurei a vir e fazer este pedido a você, pois sei que não é apenas bondoso, mas também necessitado, e por isso mais propenso a simpatizar comigo em minha angústia." A isso ele acrescentou um pedido de desculpas por sua falta de jeito e presunção. Eu respondi que, embora tivesse ficado feliz em servi-lo, eu não tinha absolutamente nada à minha disposição naquele momento. "Ah, Makar Alexievitch", ele continuou, "certamente não é muito o que estou pedindo a você? Minha esposa e filhos estão morrendo de fome. V...você não poderia me dar apenas um *grivennik*?" Naquele momento meu coração se contraiu, "Agora fui vencido!", pensei. Mas eu só tinha vinte copeques restantes, e tinha contado com eles para atender às minhas necessidades mais urgentes. "Não, bom senhor, não posso", disse eu. "Bem, o que você tem?", ele insistiu. "Talvez dez copeques?" Bem, eu peguei minha caixa de dinheiro e dei-lhe os vinte. Foi uma boa ação. Pensar que tal pobreza existe! Em seguida, tive mais uma conversa com ele. "Como é que", perguntei-lhe, "o senhor chegou a esse ponto, e ainda assim conseguiu alugar um quarto por cinco rublos?" Ele respondeu que tinha alugado o quarto por seis meses e pagou três meses de aluguel adiantado, depois seus negócios deram errado e nunca se recuperaram desde então. Veja bem, Varenka, ele foi processado por um comerciante que havia fraudado um contrato com o Estado. Quando a fraude foi descoberta, o comerciante foi processado, mas as transações nas quais ele se envolveu envolveram Gorshkov, embora este último fosse culpado apenas por negligência, falta de prudência e indiferença culposa aos interesses do Estado. Verdade, o caso ocorreu alguns anos atrás, mas vários obstáculos desde então se combinaram para frustrar Gorshkov. "Da desgraça que me foi imposta", disse ele, "sou inocente. Verdade, até certo ponto desobedeci às ordens, mas nunca cometi furto ou peculato." No entanto, o caso fez com que ele fosse prejudicado. Ele foi demitido do serviço e, embora não tenha sido considerado culpado capital, desde então não conseguiu recuperar daquele comerciante uma grande soma de dinheiro que ele lhe deve, e que está sendo disputada judicialmente. É verdade, o tribunal em questão não acredita totalmente em Gorshkov, mas eu acredito. O caso é de uma natureza tão complexa e tortuosa que provavelmente cem anos seriam insuficientes para desenrolá-lo; e, embora agora tenha sido esclarecido até certo ponto, o comerciante ainda detém a chave da situação. Pessoalmente, eu fico do lado de Gorshkov e sinto muito por ele. Mesmo não tendo uma ocupação, ele ainda se recusa a se desesperar, embora seus recursos estejam completamente esgotados. Sim, é um assunto complicado e, enquanto isso, ele deve viver, pois, infelizmente, outro filho que nasceu para ele impôs à família novas despesas. Além disso, outro de seus filhos adoeceu recentemente e morreu — o que significou mais despesas. Por fim, não apenas sua esposa está com a saúde debilitada, mas ele próprio está sofrendo de uma doença de longa data. Em suma, ele teve muito a suportar. No entanto, declara que diariamente espera um desfecho favorável para seu caso — que ele não tem dúvidas sobre isso. Senti muito por ele e disse o que pude para confortá-lo, pois é um homem que foi muito intimidado e enganado. Ele veio até mim em busca de proteção, então fiz o meu melhor para acalmá-lo. Agora, adeus, minha querida. Que Deus a proteja e preserve sua saúde. Querida, até pensar em você é como remédio para minha alma doente. Embora eu sofra por você, pelo menos sofro com prazer.

Seu verdadeiro amigo,

Makar Diévuchkin.

9 de setembro

Minha querida Varvára Alexeievna,

Escrevo a você fora de mim. Estou completamente transtornado por um terrível acontecimento. Minha cabeça está girando. Ah, amada, como posso lhe contar tudo isso? Eu nunca poderia prever o que aconteceu. Mas não — não posso dizer que nunca previ, pois minha mente teve uma ideia do que estava por vir, ao ver algo muito semelhante em um sonho.

Vou lhe contar toda a história — simplesmente, como Deus colocar em meu coração. Hoje fui ao escritório como de costume e, ao chegar, sentei-me para escrever. Estava trabalhando na mesma tarefa ontem, e enquanto a executava, fui abordado por Timothei Ivanovitch com o pedido urgente de um documento específico. "Makar Alexievitch", ele disse, "por favor, copie isso para mim. Copie o mais rápido e cuidadosamente possível, pois será necessário assiná-lo ainda hoje." Além disso, devo lhe contar, querida, que ontem não estava me sentindo bem, nem capaz de olhar para qualquer coisa. Estava sofrendo, realmente deprimido — meu peito parecia gelado, e minha alma escura. Durante todo o tempo, eu pensava em você, minha querida. Bem, comecei a trabalhar na cópia e a executei muito bem, exceto pelo fato de que, seja o diabo que confundiu minha mente, seja um destino misterioso assim ordenado, ou simplesmente porque tinha que acontecer, deixei de fora uma linha inteira do documento, e assim fiz uma bagunça! O trabalho me fora dado muito tarde, para assinatura na noite anterior, então foi apresentado a Vossa Excelência esta manhã. Cheguei ao escritório no meu horário habitual e sentei-me ao lado de Iemelia Ivanovitch. Aqui devo observar que há muito tempo tenho me sentido duas vezes mais tímido e inseguro do que costumava ser; tenho achado impossível olhar as pessoas nos olhos. Bastava uma cadeira ranger, e eu me sentia mais morto do que vivo. Portanto, hoje, rastejei humildemente até meu lugar e me sentei em uma postura tão encolhida que Iefim Akimovitch (o homem mais sensível do mundo) me disse em voz baixa: "Por que diabos você está sentado assim, Makar Alexievitch?" Então, ele fez uma careta tão feia que todos ao nosso redor caíram no riso às minhas custas. Eu tapei os ouvidos, franzi a testa e fiquei sem me mover, pois achei que essa era a melhor maneira de acabar com tal diversão. De repente, ouvi um alvoroço, uma comoção e o som de alguém correndo em nossa direção. Meus ouvidos me enganaram? Era eu que estava sendo convocado em tom peremptório! Meu coração começou a tremer dentro de mim, embora eu não pudesse dizer por quê. Só sei que nunca na minha vida tinha tremido como naquele momento. Ainda assim, me agarrei à minha cadeira — e naquele momento mal era eu mesmo. As vozes estavam se aproximando cada vez mais, até gritarem em meu ouvido: "Diévuchkin! Diévuchkin! Onde está Diévuchkin?" Então, finalmente levantei os olhos e vi diante de mim Ievstáfi Ivanovitch. Ele me disse: "Makar Alexievitch, vá imediatamente até Vossa Excelência. Você cometeu um erro em um documento." Era só isso, mas já era suficiente, não era? Eu me senti morto e frio como gelo — perdi completamente os sentidos; mas me levantei e fui para onde me chamavam. Atravessei uma sala, duas salas, três salas, até ser conduzido ao gabinete de Vossa Excelência. Não posso dar um relato exato dos meus pensamentos naquele momento. Apenas vi Vossa Excelência diante de mim, com um grupo de pessoas ao redor dele. Acho que não o cumprimentei, que esqueci de fazê-lo. De fato, tão apavorado estava, que meus dentes batiam e meus joelhos tremiam. Em primeiro lugar, estava extremamente envergonhado por conta da minha aparência (uma olhada em um espelho à direita me assustou com o reflexo que ele apresentou) e, em segundo lugar, sempre me comportei como se eu não existisse. Provavelmente, Vossa Excelência nunca antes soubera que eu estava vivo. Claro, ele poderia ter ouvido, de passagem, que havia um homem chamado Diévuchkin em seu departamento; mas nunca por um momento teve qualquer interação comigo.

Ele começou irritado: "O que você fez, senhor? Por que não foi mais cuidadoso? O documento era necessário com urgência, e você estragou tudo. O que acha disso?", o último comentário foi dirigido a Ievstáfi Ivanovitch. Não consegui ouvir o que era, exceto por algumas exclamações de "Que negligência e descuido! Como isso é constrangedor!" e assim por diante. Abri a boca para dizer alguma coisa; tentei pedir desculpas, mas não consegui. Tentar sair da sala, eu não tinha coragem. Então aconteceu algo cuja lembrança faz a caneta tremer em minha mão de vergonha. Um botão meu — o diabo que o leve! — um botão meu que estava pendurado por um único fio de repente se soltou, pulou, retiniu e rolou até chegar aos pés de Vossa Excelência — isso em um silêncio sepulcral! Foi isso que veio da minha tentativa de justificação e pedido de misericórdia! Foi essa a única resposta que tive para dar ao meu chefe! O que veio a seguir eu tremo ao relatar. Imediatamente a atenção de Vossa Excelência foi atraída para minha figura e trajes. Lembrei-me do que tinha visto no espelho e corri atrás do botão. Que tolice! Abaixei-me para pegá-lo, mas ele escapava das minhas mãos e continuava girando, fazendo com que eu desse um espetáculo lamentável e desajeitado. Então veio sobre mim a sensação de que minha última força estava prestes a me deixar, e que tudo, tudo estava perdido — toda a minha reputação perdida, um homem arruinado por completo! Em ambos os ouvidos eu parecia ouvir as vozes de Teresa e Faldoni. No fim, porém, agarrei o botão, e, erguendo-me e endireitando-me, fiquei humildemente com as mãos juntas, parecendo um verdadeiro tolo! Mas não. Comecei a tentar colar o botão à linha, como se fosse grudar sozinho, e ainda sorrindo, ainda sorrindo! No início, Vossa Excelência tinha se virado, mas agora me lançava outro olhar, e o ouvi dizer a Ievstáfi Ivanovitch: "O que há de errado com o sujeito? Veja o estado dele! Como ele... o quê?" Ah, amada, só de ouvir isso, "Veja o estado dele!"... Verdadeiramente eu me tornei um homem marcado! Em resposta a Vossa Excelência, Ievstáfi murmurou: "Nunca causou problemas, salário conforme o estipulado..." — "Muito bem, então; mas ajude-o a sair de suas dificuldades de alguma forma", disse Vossa Excelência. "Dê-lhe um pouco de salário antecipado." "Está tudo antecipado" foi a resposta. "Ele o retirou há algum tempo. Mas seu histórico é bom. Não há nada contra ele." Neste momento, senti como se estivesse no fogo do inferno. Eu poderia ter morrido! "Bem, bem", disse Vossa Excelência, "faça-o copiar o documento novamente. Diévuchkin, venha aqui. Você deve fazer outra cópia deste papel, e fazê-lo o mais rápido possível." Com isso, ele se virou para alguns outros funcionários presentes, deu algumas ordens e todos se dispersaram. Assim que o fizeram, Vossa Excelência rapidamente tirou sua carteira, pegou uma nota de cem rublos e, com as palavras: "Pegue. É o máximo que posso lhe oferecer. Use como quiser", colocou o dinheiro na minha mão! Com isso, querida, eu comecei a tremer, pois fiquei comovido até a alma. O que fiz a seguir, mal sei, exceto que agarrei a mão de Vossa Excelência. Mas ele apenas ficou muito vermelho e então — não, não estou me desviando nem um pouco da verdade, é verdade — ele pegou esta minha mão indigna e a sacudiu, em cumprimento! Sim, ele pegou esta minha mão e a sacudiu, como se eu fosse igual a ele, como se eu fosse importante como ele! "Vá agora", ele disse. "Isso é tudo que posso fazer por você. Não cometa mais erros e vou ignorar sua falha."

O que penso sobre isso é o seguinte: peço a você e a Fedora — e se eu tivesse filhos, também lhes pediria — para sempre rezar a Deus por Vossa Excelência. Eu diria aos meus filhos: "Por seu pai não precisam rezar; mas por Vossa Excelência, eu peço que orem até o fim de suas vidas."

Sim, querida — digo isso com toda a solenidade, então preste atenção às minhas palavras —, embora, durante esses dias cruéis de nossa adversidade, eu quase tenha morrido de angústia ao ver sua pobreza, assim como ao ver a mim mesmo e minha abjeção e impotência, eu me importo menos com os cem rublos que Vossa Excelência me deu do que com o fato de ele ter sido bom o suficiente para pegar a mão de um bêbado miserável na dele e apertá-la. Por esse ato, ele me restaurou a mim mesmo. Por esse ato, ele reviveu minha coragem, ele tornou a vida eternamente doce para mim... Sim, tenho certeza de que, pecador que sou perante o Todo-Poderoso, minhas orações pela felicidade e prosperidade de Vossa Excelência ainda subirão ao Trono Celestial...!

Mas, minha querida, por ora estou terrivelmente agitado e perturbado. Meu coração está batendo como se fosse explodir meu peito, e todo o meu corpo parece fraco... Envio-lhe quarenta e cinco rublos em notas. Outros vinte darei à minha senhoria, e os trinta e cinco restantes guardarei — vinte para roupas novas e quinze para despesas gerais. Mas essas experiências da manhã me abalaram profundamente, e preciso descansar um pouco. Está tranquilo, muito tranquilo aqui. Minha alma dói, e lá no fundo, sinto que minha alma estremece, se move... Irei visitá-la em breve, mas no momento minha cabeça dói com essas várias sensações. Deus vê todas as coisas, minha querida, meu tesouro inestimável!

Seu amigo constante,

Makar Diévuchkin.

10 de setembro

Meu querido Makar Alexievitch,

Estou indescritivelmente feliz com sua boa sorte e aprecio totalmente a bondade de seu superior. Agora, descanse de suas preocupações. Apenas não gaste dinheiro novamente com bobagens. Viva o mais tranquila e frugalmente possível, e a partir de hoje comece sempre a reservar algo, para que a má sorte não o surpreenda novamente. Por favor, não se preocupe; Fedora e eu vamos nos virar de alguma forma. Por que o senhor me enviou tanto dinheiro? Eu realmente não preciso de tudo isso; o que já tinha seria suficiente. É verdade que em breve precisarei de mais fundos se for deixar este apartamento, mas Fedora espera em breve receber o pagamento de uma dívida antiga. Claro, pelo menos vinte rublos terão que ser reservados para necessidades indispensáveis, mas o resto lhe será devolvido. Por favor, cuide dele, Makar Alexievitch. Agora, adeus. Que sua vida continue pacífica e que o senhor preserve sua saúde e espírito. Teria escrito mais, não fosse eu me sentir terrivelmente cansada. Ontem não saí da cama. Estou feliz que prometeu vir me visitar. Sim, o senhor deve me fazer uma visita.

V. D.

11 de setembro

Minha querida Varvára Alexeievna,

Imploro que não me abandone agora que estou novamente feliz e satisfeito com tudo. Ignore o que Fedora diz, e farei qualquer coisa no mundo por você. Vou me comportar melhor, mesmo que seja apenas por respeito à Vossa Excelência, e vigiarei todas as minhas ações. Mais uma vez trocaremos cartas alegres e compartilharemos as confidências de nossos pensamentos, felicidades e tristezas (se é que teremos mais tristezas). Sim, viveremos duas vezes mais felizes e confortavelmente do que antes. Também trocaremos livros... Anjo do meu coração, uma grande mudança ocorreu em minha sorte — uma mudança para muito melhor. Minha senhoria está mais calma; Teresa recuperou o juízo; até mesmo Faldoni se alegra por fazer minhas vontades. Além disso, fiz as pazes com Ratazaiév. Ele veio me ver por conta própria, assim que soube das boas novas. Não há dúvida de que ele é um bom sujeito; que não há verdade nas calúnias que se ouve sobre ele. Também descobri que ele nunca teve a intenção de colocar nossa história em um livro. Ele mesmo me disse isso e depois leu para mim seu trabalho mais recente. Quanto a ele me chamar de "Lovelace", não pretendia nenhuma grosseria ou indecência. O termo é apenas de origem estrangeira, significando um sujeito esperto ou, em linguagem mais literária e elegante, um cavalheiro com quem se deve contar. Isso é tudo; foi apenas uma brincadeira inofensiva, minha querida. Apenas a ignorância me fez perder a paciência, e eu expressei a ele meu arrependimento... Como está lindo o tempo hoje, minha pequena Varenka! É verdade que houve uma leve geada no início da manhã, como se espalhada por uma peneira, mas não foi nada, e a brisa logo refrescou o ar. Saí para comprar botas e consegui um par esplêndido. Depois, após um passeio pela Avenida Niévski, li o jornal diário. Isso me lembra que esqueci de lhe contar a coisa mais importante de todas. Aconteceu assim:

Esta manhã tive uma conversa com Iemelia Ivanovitch e Aksenti Michaelovitch sobre Vossa Excelência. Aparentemente, não sou a única pessoa a quem ele demonstrou bondade e caridade, pois ele é conhecido por seu bom coração. Em muitos lugares elogios sobre ele são ouvidos; em muitos lugares ele provocou lágrimas de gratidão. Entre outras coisas, ele assumiu o cuidado de uma menina órfã, e a casou com um funcionário, filho de uma viúva pobre, encontrando para o homem um lugar em uma certa chancelaria, e de outras formas o beneficiou. Bem, querida, considerei ser meu dever adicionar a minha parte divulgando o tratamento gracioso de Vossa Excelência para comigo. Assim, relatei todo o ocorrido aos meus interlocutores e não escondi um único detalhe. Na verdade, coloquei meu orgulho no bolso — que orgulho pode haver? Que orgulho tolo diante de circunstâncias como estas! "Glória aos feitos de Vossa Excelência!", falei em voz alta, com emoção, com fervor, e não corei. Pelo contrário, senti orgulho de ter algo assim para contar. Referi-me a todos os envolvidos (exceto a você, é claro, querida) —, à minha senhoria, a Faldoni, a Ratazaiév, a Markov. Até mencionei minhas botas! Alguns dos presentes riram — na verdade, todos os presentes o fizeram, mas provavelmente foi a minha própria figura ou o incidente das minhas botas — mais particularmente este último — que provocou as risadas, mas tenho certeza de que não fizeram com má intenção, pois são homens jovens ou abastados; certamente não estariam rindo com má intenção do que eu havia dito. Qualquer coisa contra Vossa Excelência não poderia estar em seus pensamentos. Não é, Varenka?

Até agora, não consegui me recuperar direito, tão abalado estou pelos eventos recentes... Você tem lenha suficiente, Varenka? Você não deve se expor ao frio. Além disso, deprimiu meu ânimo com seus medos para o futuro. Diariamente oro a Deus em seu nome. Ah, como eu oro a Ele...! Além disso, você tem meias de lã para usar e roupas quentes em geral? Lembre-se, se houver algo de que precise, não deve magoar os sentimentos de um homem velho ao não recorrer a ele. Os tempos ruins acabaram agora, e o futuro parece brilhante e promissor.

Mas que tempos ruins foram esses, Varenka, mesmo que tenham ido embora e não possam mais importar! À medida que os anos passarem, gradualmente nos recuperaremos. Como me lembro claramente da minha juventude! Naqueles dias, eu nunca tinha um copeque no bolso. Tinha frio, fome e alegria no coração, e só. De manhã, eu caminhava pela Avenida Niévski, encontrava pessoas bonitas e ficava feliz o dia todo. Sim, foi um tempo glorioso, um tempo glorioso! Era bom estar vivo, especialmente em São Petersburgo. No entanto, foi apenas ontem que eu estava implorando a Deus, com lágrimas, para perdoar meus pecados durante o recente período doloroso — para perdoar minhas murmurações, pensamentos malignos, jogos de azar e embriaguez. Eu lembrava de você em minhas orações, pois sozinha me encorajou e confortou; você sozinha me deu conselhos e instruções. Nunca esquecerei isso, querida. Hoje dei um beijo em cada uma de suas cartas... Adeus, amada. Fui informado de que há algumas roupas à venda em algum lugar aqui perto. Mais uma vez adeus, adeus, meu anjo.

Seu de coração e alma,

Makar Diévuchkin.

15 de setembro

Meu querido Makar Alexievitch,

Estou em terrível aflição. Sinto que algo está prestes a acontecer. A questão, meu querido amigo, é que o *Sr.* Bikov está novamente em São Petersburgo, pois Fedora o encontrou. Ele estava passando em uma carruagem, mas, ao encontrar Fedora, ordenou ao cocheiro que parasse, saltou e perguntou onde ela estava morando; mas ela não quis dizer. Em seguida, ele disse com um sorriso que sabia muito bem quem morava com ela (evidentemente Anna Fedorovna havia contado a ele); quando Fedora não aguentou mais, ali mesmo, na rua, ela o repreendeu e insultou, dizendo que ele era um homem imoral e a causa de todas as minhas desgraças. A isto, ele respondeu que uma pessoa que não possuísse um tostão certamente estaria infeliz; ao que Fedora retrucou que eu poderia sempre viver do meu trabalho ou me casar — que não era tanto uma questão de perder o meu emprego, mas de perder minha felicidade, cuja ruína quase me levou à morte. Em resposta, ele observou que, embora eu ainda fosse muito jovem, parecia ter perdido o juízo, e que minha "virtude parecia estar comprometida" (cito as palavras exatas dele). Tanto eu quanto Fedora pensávamos que ele não sabia onde eu morava; mas, na noite passada, justo quando eu havia saído de casa para fazer algumas compras no Gostiny Dvor, ele apareceu em nosso apartamento (evidentemente ele não queria me encontrar em casa) e fez muitas perguntas a Fedora sobre nosso modo de vida. Então, após inspecionar meu trabalho, ele concluiu com: "Quem é esse amigo servidor seu?" No momento você estava passando pelo pátio, então Fedora apontou, e o homem olhou para você e riu. Fedora, então, pediu que ele se retirasse, dizendo que eu ainda estava doente de tristeza, e que me causaria grande dor vê-lo ali; ao que, após uma pausa, ele respondeu que tinha vindo porque não tinha nada melhor para fazer. Além disso, ele quis dar a Fedora vinte e cinco rublos, mas, claro, ela recusou. O que tudo isso significa? Por que ele veio fazer essa visita? Não consigo entender como ele ficou sabendo sobre mim. Estou perdida em conjecturas. Fedora, no entanto, diz que Aksinia, sua cunhada (que às vezes vem visitá-la), conhece uma lavadeira chamada Nastasia, e que essa mulher tem um primo na posição de vigia em um departamento do qual faz parte um conhecido sobrinho de Anna Fedorovna. Será, portanto, que uma intriga foi tramada dessa forma? Mas Fedora pode estar completamente enganada. Mal sabemos o que pensar. E se ele voltar? Só de pensar nisso me aterroriza. Quando Fedora me contou isso na noite passada, um terror tão grande se apoderou de mim que quase desmaiei. O que esse homem quer? O que mais o destino reserva para mim? Por amor a Cristo, venha me ver, Makar Alexievitch! Por amor a Cristo, venha me ver em breve!

V. D.

18 de Setembro

Minha querida Varvára Alexeievna,

Hoje ocorreu nesta casa o acontecimento mais lamentável, misterioso e inesperado. Primeiramente, deixe-me dizer que o pobre Gorshkov foi completamente absolvido de culpa. A decisão demorou a chegar, mas esta manhã ele foi ouvir a resolução final ser lida. Foi totalmente a seu favor. Qualquer culpa que lhe tinha sido imputada por negligência e irregularidade foi removida. Igualmente, ele foi autorizado a recuperar daquele comerciante uma grande soma de dinheiro. Assim, está completamente inocentado e teve seu caráter limpo de qualquer mancha. Em suma, ele não poderia ter desejado um desfecho melhor. Quando chegou em casa às três horas, estava pálido como um lençol, e seus lábios tremiam. No entanto, havia um sorriso em seu rosto enquanto ele abraçava sua esposa e seus filhos. Juntos, o resto de nós correu para parabenizá-lo, e ele ficou muito comovido com o ato. Curvando-se para nós, ele apertou nossas mãos. Enquanto fazia isso, de alguma forma, pensei que parecia ter ficado mais alto e mais ereto, e que as lágrimas pareciam ter desaparecido de seus cílios. No entanto, como ele estava agitado, coitado! Ele não conseguia ficar quieto por dois minutos, mas continuava pegando e largando o que quer que viesse à sua mão, e curvando-se e sorrindo sem interrupção, e sentando-se e levantando, e novamente sentando-se, e tagarelando só Deus sabe o que sobre sua honra e seu bom nome e seus pequeninos. Como ele falava — sim, e também chorava! De fato, poucos de nós conseguimos conter as lágrimas; embora Ratazaiév tenha observado (provavelmente para encorajar Gorshkov) que a honra não importava quando não se tinha o que comer, que o dinheiro era a coisa mais importante do mundo, e que era por isso que se deveria agradecer a Deus. Em seguida, ele deu um tapinha nas costas de Gorshkov, mas eu achei que Gorshkov de alguma forma pareceu ficar magoado com isso. Ele não expressou nenhum desagrado abertamente, mas lançou a Ratazaiév um olhar estranho e tirou a mão de seu ombro. Antes ele não teria agido assim; mas cada um tem o seu caráter. Eu mesmo, em meio a tamanha alegria, não me mostraria orgulhoso. Às vezes, minha querida, até uma reverência a mais ou uma humilhação não vem da fraqueza, mas de uma súbita bondade da alma, de uma ternura excessiva do coração...mas, enfim, não se trata de mim aqui. Tudo o que Gorshkov disse foi: "Sim, o dinheiro é uma coisa boa, glória a Deus!" De fato, o tempo todo que permanecemos em seu quarto, ele continuou repetindo para si mesmo: "Glória a Deus, glória a Deus!" Sua esposa preparou uma refeição melhor do que a usual, nossa senhoria mesmo a cozinhou, pois no fundo ela não é uma mulher má. Mas até que a refeição fosse servida, Gorshkov não conseguia ficar parado. Ele continuou entrando nos quartos de todos (convidado ou não), sorria, sentava-se em uma cadeira; às vezes dizia algo, e às vezes não dizia uma palavra, mas se levantava e saía novamente. No quarto do aspirante a oficial, ele até pegou um baralho de cartas na mão, e então foi convidado a jogar; mas depois de perder algumas vezes, bem como cometer vários erros em seu jogo, abandonou o intento. "Não", disse ele, "só fiz isso por fazer mesmo — só por fazer mesmo", e partiu. Em seguida, encontrando-me no corredor, ele pegou minhas mãos, e olhou para meu rosto com um ar bastante curioso. Então ele apertou minhas mãos novamente e se afastou ainda sorrindo; sorrindo, mas de uma maneira estranha, cansada, muito como um cadáver poderia sorrir. Enquanto isso, sua esposa estava chorando de alegria, e tudo em seu quarto estava enfeitado. Presentemente, o jantar foi servido, e depois de terem jantado, Gorshkov disse à sua esposa: "Veja agora, querida, vou descansar um pouco", e com isso foi para a cama. Presentemente, ele chamou sua filhinha para o seu lado, e, colocando a mão sobre a cabeça da criança, ficou muito tempo olhando para ela. Em seguida, ele se virou para sua esposa novamente e perguntou: "E Petienka? Onde está nosso Petienka?", quando sua esposa se benzeu, e respondeu: "Ora, nosso Petienka está morto!" "Sim, sim, eu sei... claro", disse o marido. "Petienka agora está no Reino dos Céus." Isso mostrou à sua esposa que o marido não estava muito em seu juízo completo; que o acontecimento recente o havia perturbado; então ela disse: "Meu querido, você precisa dormir um pouco." "Eu farei isso", respondeu, "imediatamente... estou um pouco..." E ele virou, e ficou em silêncio por um tempo. Em seguida, virou novamente e tentou dizer algo, mas sua esposa não conseguiu ouvir o que era. "O que você diz?", ela perguntou, mas ele não respondeu. Então novamente ela esperou, até que pensou: "Ele adormeceu", e saiu por uma hora para ver a senhoria. Ao final dessa hora ela retornou, apenas para ver que o marido ainda não havia acordado, e estava imóvel. "Ele está dormindo muito profundamente", ela refletiu, enquanto se sentava e começava a trabalhar em alguma coisa ou outra. Depois, ela nos disse que, após cerca de meia hora ou mais, caiu em uma reflexão. Em que ela estava pensando, não consegue se lembrar, exceto que havia esquecido completamente sobre seu marido. Então ela se deu conta de uma sensação estranha em seu coração. A primeira coisa que a atingiu foi o silêncio mortal do quarto. Olhando para a cama, percebeu que seu marido estava na mesma posição de antes. Então se aproximou dele, puxou o cobertor para trás e viu que estava rígido e frio — que ele havia morrido repentinamente, como se atingido por um derrame. Mas do que exatamente ele morreu, só Deus sabe. O caso me impressionou tanto que mesmo agora não consigo me recuperar. Mal se acreditaria que um ser humano pudesse morrer tão simplesmente — e ele... um pobre infeliz, esse Gorshkov! Que destino, que destino, com certeza! Sua esposa está mergulhada em lágrimas e aterrorizada, enquanto sua filhinha fugiu para se esconder em algum lugar. Em seu quarto, no entanto, tudo é agitação e confusão, pois os médicos estão prestes a fazer uma autópsia no corpo. Mas não posso dizer com certeza; só sei que estou muito triste, muito triste. É triste pensar que realmente não sabemos o dia nem a hora... e se vai embora assim, sem motivo algum...

Seu,

Makar Diévuchkin.

19 de Setembro

Minha querida Varvára Alexeievna,

Eu me apresso em informar que Ratazaiév encontrou algum trabalho para mim com um certo escritor, este último tendo enviado a ele um grande manuscrito. Glória a Deus, pois isso significa uma grande quantidade de trabalho a fazer. No entanto, embora a cópia seja necessária com urgência, o original está tão descuidadamente escrito que mal sei como começar minha tarefa. De fato, certas partes são quase indecifráveis. Eu concordei em fazer o trabalho por quarenta copeques por folha. Veja, portanto (e esta é a minha verdadeira razão para escrever a você), que em breve receberemos dinheiro extra. Adeus agora, pois devo começar meus trabalhos.

Seu sincero amigo,

Makar Diévuchkin.

23 de Setembro

Meu querido Makar Alexievitch,

Não lhe escrevi nestes três dias passados porque estive preocupada e alarmada. Três dias atrás, Bikov veio me ver novamente. Naquela hora eu estava sozinha, pois Fedora havia saído para algum lugar. Assim que abri a porta, a visão dele me aterrorizou tanto que fiquei paralisada, e pude sentir meu rosto empalidecer. Entrando com sua risada alta, como de costume, ele pegou uma cadeira e se sentou. Demorei para me recompor, até que sentei em um canto para continuar o meu trabalho. Logo seu sorriso desapareceu, pois minha aparência parece ter de alguma forma o impressionado. Veja, ultimamente eu emagreci, e meus olhos e bochechas ficaram fundos; meu rosto ficou tão branco quanto uma folha; então qualquer um que me conhecesse há um ano dificilmente me reconheceria agora. Após uma inspeção prolongada, Bikov pareceu recuperar seu ânimo, pois disse algo ao qual respondi devidamente. Então ele riu novamente. Assim ficou por uma hora inteira, falando comigo enquanto isso e me fazendo perguntas sobre uma coisa e outra. Finalmente, pouco antes de se levantar para partir, ele me pegou pela mão e disse (para citar suas palavras exatas): "Entre nós, Varvára Alexeievna, aquela sua parente e minha boa amiga e conhecida — refiro-me a Anna Fedorovna — é uma mulher muito má", (ele também adicionou um termo mais grosseiro de opróbrio). "Primeiro ela levou seu primo para o mau caminho, e depois arruinou você. Eu também me comportei como um vilão, mas a vida é assim." Novamente ele riu. Em seguida, tendo observado que, embora não fosse um mestre da eloquência, sempre considerou que fosse obrigado a me dar uma explicação clara e franca; ele continuou dizendo que buscava minha mão em casamento; que via isso como um dever para restaurar minha honra; que ele poderia me oferecer riquezas; que, após o casamento, ele me levaria para sua propriedade no campo, onde poderíamos caçar lebres; que ele pretendia nunca mais visitar São Petersburgo, já que tudo aqui era horrível, e ele tinha um sobrinho indigno aqui em São Petersburgo, a quem jurou deserdar e, ainda, que queria ter um herdeiro legítimo, e que por isso procurara uma esposa, sendo essa a principal razão do pedido de casamento. Por último, ele observou que eu parecia estar vivendo em circunstâncias muito pobres (o que não era surpreendente, disse ele, considerando o pardieiro em que eu morava); que eu morreria se permanecesse mais um mês naquele antro; que todas as moradias em São Petersburgo eram detestáveis; e que ele ficaria feliz em saber se eu estava precisando de alguma coisa.

Fiquei tão pasma com a proposta que só pude explodir em lágrimas. Essas lágrimas ele interpretou como um sinal de gratidão, pois ele me disse que sempre se sentiu seguro de minha sensatez, inteligência e sensibilidade, mas que até agora havia hesitado em dar esse passo, querendo saber exatamente como eu estava. Em seguida, ele me fez algumas perguntas sobre o senhor; dizendo que tinha ouvido falar do senhor como um homem de bons princípios, e que, como ele não queria ficar lhe devendo nada, uma quantia de quinhentos rublos compensaria tudo o que fez por mim. A isso respondi que seus serviços para mim foram tais que nunca poderiam ser recompensados com dinheiro; ao que ele exclamou que eu estava falando bobagens e tolices; que eu obviamente ainda era jovem e lia poesias; que romances desse tipo eram a ruína das jovens, que os livros só corrompiam a moral, e que, de sua parte, ele não podia suportá-los. "Você deveria viver tanto quanto eu", ele acrescentou, "e então verá o que os homens podem ser." Com isso, ele pediu que eu considerasse favoravelmente sua proposta — dizendo que não gostaria que eu tomasse uma decisão tão importante sem pensar, pois a falta de reflexão e a impulsividade muitas vezes levavam à ruína a inexperiência juvenil, mas que ele esperava receber uma resposta afirmativa. "Caso contrário", disse ele, "não terei escolha a não ser me casar com a filha de um certo comerciante em Moscou, para cumprir meu voto de privar meu sobrinho da herança." Em seguida, ele pressionou quinhentos rublos na minha mão — para comprar alguns doces, como ele disse, e concluiu dizendo que no campo eu engordaria como uma rosquinha ou um queijo envolvido na manteiga[28]; que no momento ele estava extremamente ocupado; e que, embora estivesse ocupado o dia todo com negócios, tinha aproveitado a oportunidade atual para me fazer uma visita. Por fim, ele partiu. Por um longo tempo fiquei mergulhada em reflexão. Embora minha angústia mental fosse grande, logo cheguei a uma decisão... Meu amigo, vou me casar com esse homem; não tenho escolha senão aceitar

28 Trata-se de uma expressão russa que significa viver em abundância, sem problemas ou preocupações (em russo, Как сыр в масле катается). No passado, o queijo era colocado em barris de madeira com manteiga, para retardar a evaporação da umidade e permitir que o produto permanecesse fresco por mais tempo. O barril, então, era fechado e rolado de um lado para o outro, para que o queijo ficasse com uma camada uniforme de manteiga. Sendo estes produtos caros para a época, ficaram consagrados como símbolos de bem-estar, fartura e contentamento. (N. do E.)

sua proposta. Se alguém pudesse me salvar dessa miséria, restaurar meu bom nome e evitar futura pobreza e infortúnio, ele seria o homem para fazer isso. O que mais tenho a esperar do futuro? O que mais devo pedir ao destino? Fedora declara que nunca se deve perder a felicidade; mas, eu pergunto a ela, o que pode ser chamado de felicidade nessas circunstâncias como as minhas? Em todo caso, não vejo outro caminho aberto, querido amigo. Não vejo mais nada a fazer. Não tenho outra escolha.

Não pedi seu conselho anteriormente porque queria pensar sobre o assunto sozinha. No entanto, a decisão que o senhor acabou de ler é inalterável, e estou prestes a anunciá-la ao próprio Bikov, que de qualquer forma pressionou-me por uma resposta rápida, devido ao fato (como ele diz) de que seus negócios não vão esperar e nem permitir que ele permaneça aqui por mais tempo, e que, portanto, nenhum detalhe deve ficar em seu caminho. Deus sabe se serei feliz, mas meu destino está em Suas santas e insondáveis mãos, e assim decidi. Dizem que Bikov é bondoso. Ele pelo menos me respeitará, e talvez eu possa retribuir esse respeito. O que mais poderia ser esperado de um casamento desses?

Agora contei tudo, Makar Alexievitch, e tenho certeza de que o senhor entenderá meu desespero. No entanto, não tente me desviar da minha intenção, pois todos os seus esforços serão em vão. Pense por um momento; pese em seu coração tudo o que me levou a tomar essa decisão. No início, minha angústia era extrema, mas agora estou mais tranquila. O que me espera eu não sei. O que deve ser, será, como Deus quiser...

Bikov acabou de chegar, então estou deixando esta carta inacabada. Caso contrário, eu lhe diria muito mais. Bikov está agora mesmo na porta...!

23 de setembro

Minha querida Varvára Alexeievna,

Eu me apresso em responder a você. Apresso-me em expressar a você meu extremo espanto... Além disso, posso mencionar que ontem nós enterramos o pobre Gorshkov... Sim, Bikov agiu nobremente, e você não tem escolha a não ser aceitá-lo. Tudo está nas mãos de Deus. Assim é, e sempre deve ser; e os propósitos do Criador Divino são ao mesmo tempo bons e insondáveis; assim como o Destino, que é um junto a Ele... Fedora compartilhará sua felicidade — pois, claro, você será feliz e livre de necessidades, querida, amada, a mais doce dos anjos! Mas por que essa pressa? Ah, claro — os negócios do *Sr.* Bikov. Apenas um homem que não tem negócios para cuidar pode se dar ao luxo de ignorar tais coisas. Eu o vi enquanto ele saía de sua porta. Ele é um homem de boa aparência — um homem muito bem-apessoado; embora não seja esse o ponto que eu deveria ter notado melhor se estivesse completamente são naquele momento... No futuro, ainda poderemos escrever cartas um para o outro? Eu continuo me perguntando o que a levou a dizer tudo o que disse. Pensar que justo quando vinte páginas da minha cópia estão concluídas isso aconteceu...! Suponho que agora você poderá fazer muitas compras — comprar sapatos e vestidos e todo tipo de coisas. Você se lembra das lojas na Rua Gorokovaia das quais eu costumava falar...? Mas não. Você não deveria sair no momento — você simplesmente não deveria, e não vai. Em breve, poderá comprar muitas, muitas coisas, e até manter uma carruagem. Além disso, no momento o tempo está ruim. A chuva está caindo aos baldes, e é com chuvas assim que você poderia pegar um resfriado, minha querida, e o frio poderia atingir seu coração. Por que seu medo desse homem a leva a assumir tais riscos quando todo o tempo eu estou aqui para fazer sua vontade? Então Fedora declara que uma grande felicidade a está esperando, não é? Ela é uma velha fofoqueira, e evidentemente deseja sua ruína. Você estará na missa esta noite, querida? Eu gostaria de ir vê-la lá. Sim, Bikov falou apenas a verdade quando disse que você é uma mulher de virtude, inteligência e bom sentimento. No entanto, eu acho que ele faria muito melhor se casasse com a filha do comerciante. O que você acha disso? Sim, seria muito melhor para ele. Assim que escurecer esta noite, pretendo ir e ficar com você por uma hora. O crepúsculo virá cedo hoje, então logo estarei com você. Sim, aconteça o que acontecer, pretendo vê-la. No momento, suponho que você esteja esperando Bikov, mas eu virei assim que ele tiver ido. Então fique em casa até eu chegar, querida.

Makar Diévuchkin.

27 de setembro

Querido Makar Alexievitch,

Bikov acaba de me informar que eu devo ter pelo menos três dúzias de blusas de linho; então preciso ir imediatamente procurar costureiras para fazer duas das três dúzias, já que o tempo é curto. De fato, *Sr.* Bikov está bastante irritado com o alvoroço que essas frivolidades estão causando, visto que restam apenas cinco dias antes do casamento, e partiremos no dia seguinte. Ele fica andando de um lado para o outro e declarando que não se deve perder tempo com ninharias. Estou terrivelmente preocupada e mal consigo ficar em pé. Há tanto a fazer e, talvez, tanto que seria melhor não fazer! Além disso, eu não tenho rendas amarelas; então aí está outro item a ser comprado, já que Bikov declara que não pode deixar sua noiva parecer uma cozinheira, mas, pelo contrário, ela deve "despontar diante das grandes damas." É o que ele diz. Eu gostaria, portanto, que o senhor fosse até Madame Chiffon, na Rua Gorokovaia, e pedisse a ela, em primeiro lugar, para me enviar algumas costureiras, e, em segundo lugar, para se dar ao trabalho de vir pessoalmente, pois estou muito doente para sair. Nosso novo apartamento é muito frio e ainda está em grande desordem. Além disso, Bikov tem uma tia que está à beira da morte por causa da velhice, e pode morrer antes de nossa partida. Ele mesmo, no entanto, declara que isso não é nada e diz que ela logo se recuperará. Ele ainda não está morando conosco, então os criados desaparecem sabe-se lá para onde. Apenas Fedora está me ajudando, junto ao valete de Bikov, que supervisiona tudo, mas que está ausente há três dias. Todas as manhãs, Bikov vai para os negócios e perde a paciência. Ontem ele até teve alguns problemas com a polícia por ter espancado o administrador destes prédios... Não tenho ninguém para enviar esta carta, então vou postá-la... Ah! Quase me esqueci do ponto mais importante — eu gostaria que o senhor dissesse à Madame Chiffon que desejo que a renda amarela seja trocada de acordo com os modelos de ontem, se ela for gentil o suficiente para trazer uma nova seleção. Também diga que eu mudei de ideia sobre o cetim, que desejo que seja um bordado; além disso, que o bordado em relevo seja feito em padrões de monograma nas várias peças do vestuário. O senhor entendeu? Bordado em relevo, não liso. Não se esqueça de que deve ser em relevo. Outra coisa que quase tinha me esquecido é que as abas do manto de pele devem ser levantadas, e a gola amarrada com renda. Por favor, diga-lhe essas coisas, Makar Alexievitch.

Sua amiga,

V. D.

P.S. — Estou tão envergonhada de incomodá-lo com minhas encomendas! Esta é a terceira manhã que o senhor terá passado correndo por minha causa. Mas o que mais posso fazer? O lugar todo está em desordem, e eu mesma estou doente. Não fique chateado comigo, Makar Alexievitch. Estou me sentindo tão deprimida! O que vai ser de mim, querido amigo, bondoso, velho Makar Alexievitch? Tenho medo de olhar para o futuro. De alguma forma, sinto-me apreensiva; estou vivendo, por assim dizer, em meio a uma névoa. No entanto, por favor, não se esqueça de nenhuma das minhas encomendas. Tenho tanto medo de que o senhor cometa um erro! Lembre-se de que tudo deve ser bordado em relevo, nada liso.

27 de setembro

Minha querida Varvára Alexeievna,

Fiz suas encomendas com cuidado. Madame Chiffon me informou que ela mesma pensou em usar o bordado *tambour*[29], por ser mais adequado (embora eu não tenha entendido completamente tudo o que ela disse). Além disso, ela informou que, uma vez que você deu certas direções por escrito, ela as seguiu (embora novamente eu não me lembre cla-

29 Técnica francesa de bordado que utiliza uma agulha de gancho para criar pontos de corrente e aplicar miçangas, lantejoulas e outros elementos decorativos em tecidos finos, como a seda. (N. do E.)

ramente de tudo o que ela disse — só me lembro de que ela falou muito, pois é uma mulher bastante desagradável). Essas observações ela logo estará repetindo para você pessoalmente. Quanto a mim, me sinto absolutamente exausto e não fui ao escritório hoje... Não se desespere sobre o futuro, querida. Para poupar-lhe problemas, eu visitaria todas as lojas de São Petersburgo. Você escreve que teme olhar para o futuro. Mas até esta noite, às sete horas, você saberá de tudo, pois Madame Chiffon terá chegado pessoalmente para vê-la. Tenha esperança, e tudo se ajeitará da melhor forma. Claro, estou me referindo apenas a esses malditos bibelôs, a esses enfeites e frivolidades! Ai de mim, ai de mim, como ficarei feliz em vê-la, meu anjo! Sim, como ficarei feliz! Já passei pelos portões de sua morada duas vezes hoje. Infelizmente, esse Bikov é um homem de tal cólera que… Bem, as coisas são como são.

Makar Diévuchkin.

28 de setembro

Meu queridíssimo Makar Alexievitch,

Pelo amor de Deus, vá até a joalheria e diga ao joalheiro que, afinal, ele não precisa fazer os brincos de pérola e esmeralda. Sr. Bikov disse que eles vão custar muito caro, que vão deixar um verdadeiro rombo no bolso dele. De fato, ele perdeu a paciência novamente e declara que está sendo roubado. Ontem acrescentou que, se soubesse, se tivesse previsto essas despesas, nunca teria se casado. Além disso, ele diz que, como as coisas estão, pretende apenas ter um casamento simples e depois partir. "Você não deve esperar danças e festividades ou entretenimento para os convidados, pois nossos tempos de gala ainda estão longe." Essas foram as palavras dele. Deus sabe que eu não quero essas coisas, mas, mesmo assim, Bikov as proibiu. Eu não lhe dei resposta sobre o assunto, pois ele é um homem facilmente irritável. O que, o que vai ser de mim?

V. D.

28 de setembro

Minha querida Varvára Alexeievna,

Tudo está bem no que diz respeito ao joalheiro. Infelizmente, também tenho que dizer que eu mesmo adoeci e não consigo sair da cama. Justo quando tantas coisas precisam ser feitas, fui pegar um resfriado, que o diabo o leve! Além disso, tenho que lhe contar que, para completar minhas desgraças, Vossa Excelência decidiu se tornar mais rigoroso. Hoje ele repreendeu e deu uma bronca em Iemelia Ivanovitch, deixando o pobre homem bastante abalado. Essa é a soma das minhas notícias. Não — há algo mais sobre o qual eu gostaria de escrever para você, mas tenho medo de incomodá-la. Sou um sujeito simples, aborrecido, que escreve o que primeiro lhe vem à cabeça.

Seu amigo,

Makar Diévuchkin.

29 de setembro

Minha querida Varvára Alexeievna,

Hoje, querida, eu vi Fedora, que me informou que você se casará amanhã e, no dia seguinte, partirá; viagem para a qual Bikov encomendou uma carruagem...

Bem, sobre o incidente com Vossa Excelência, já lhe contei. Também verifiquei a conta da loja na Rua Gorokovaia. Está correta, mas muito extensa. Por que *Sr.* Bikov está tão mal-humorado com você? Não, você deve ficar animada, minha querida. Eu estou, e sempre estarei, enquanto você estiver feliz. Eu iria à igreja amanhã, mas, infelizmente, serei impedido de fazê-lo pela dor que sinto nas costas. Também teria escrito um relato da cerimônia, mas não haverá ninguém para me dar os detalhes...

Sim, você foi uma boa amiga para Fedora, querida. Você agiu com bondade, muita bondade, para com ela. Por cada uma dessas ações, Deus a abençoará. Boas ações nunca ficam sem recompensa, e a virtude sempre conquista a coroa da justiça divina, cedo ou tarde. Muito mais eu gostaria de ter escrito para você. Cada hora, cada minuto, eu poderia ocupar escrevendo. De fato, poderia escrever para você para sempre! Resta-me apenas o seu livro, *Contos de Belkin*. Peço-lhe que não me prive dele, mas permita-me mantê-lo. Não tanto porque desejo ler o livro por si só, mas porque o inverno está chegando, quando as noites serão longas e tristes, e se desejará ler ao menos alguma coisa.

Sabe, vou mudar de meus aposentos atuais para os seus antigos, que pretendo alugar de Fedora; pois nunca poderia me separar dessa boa velha mulher. Além disso, ela é uma trabalhadora esplêndida. Ontem inspecionei seu quarto vazio. Os bastidores de bordado estavam lá como você os deixou, com o bordado ainda preso — ninguém mexeu. Estavam num canto. Observei o seu bordado; ainda havia retalhos por lá; você começou a enrolar linhas em uma das minhas cartas. Além disso, na mesa encontrei um pedaço de papel no qual estava escrito: "Meu queridíssimo Makar Alexievitch, eu me apresso em…", isso era tudo. Evidentemente, alguém a interrompeu em um momento interessante. Por último, atrás de uma divisória estava sua pequena cama... Oh, querida das queridas...!!! Bem, adeus agora, adeus agora, mas pelo amor de Deus, envie-me algo em resposta a esta carta!

Makar Diévuchkin.

30 de setembro

Meu amado Makar Alexievitch,

Acabou! O destino foi lançado! Não sei o que me reserva o futuro, mas estou submissa à vontade de Deus. Amanhã, então, partiremos. Pela última vez, despeço-me do senhor, meu amigo inestimável, meu benfeitor, meu querido! Não sofra por mim, mas tente viver feliz. Pense em mim às vezes, e que a bênção do Todo-Poderoso Deus recaia sobre o senhor! Quanto a mim, frequentemente me lembrarei do senhor em minhas orações. Assim, nosso tempo juntos chegou ao fim. Pouco conforto em minha nova vida terei das memórias do passado. Portanto, mais ainda guardarei sua lembrança, e tão querido o senhor sempre será para meu coração. Aqui, o senhor foi meu único amigo; aqui, somente o senhor me amou. Sim, eu vi tudo, eu soube de tudo — sempre soube o quanto me ama. Um único sorriso meu, um único traço de minha caneta, foi capaz de lhe fazer feliz... Mas agora o senhor deve me esquecer... Quão solitário o senhor ficará! Por que deveria ficar aqui, meu amigo amável, inestimável, mas solitário? Ao seu cuidado, confio o livro, o bordado e a carta que eu havia começado. Quando olhar para as poucas palavras que a carta contém, será capaz de ler mentalmente tudo o que o senhor gostaria de ouvir ou receber a mais de mim — tudo que eu gostaria tanto de ter escrito, mas agora nunca poderei escrever. Pense às vezes em sua pobre Varenka, que tanto lhe amou. Todas as suas cartas eu deixei para trás no topo da cômoda de Fedora... O senhor escreve que está doente, mas *Sr.* Bikov não me deixará sair de casa hoje; então só posso lhe escrever. Além disso, escreverei novamente em breve. É uma promessa. No entanto, só Deus sabe quando poderei fazê-lo... Agora devemos nos despedir para sempre, meu amigo, meu amado, meu parente! Sim, deve ser para sempre! Ah, como neste momento eu poderia abraçá-lo! Adeus, querido amigo — adeus, adeus! Que o senhor fique bem e feliz! Até o fim, eu o manterei em minhas orações. Como meu coração está sofrendo sob seu peso da tristeza...! *Sr.* Bikov está me chamando agora...

Sua eternamente amorosa,

V.

P.S. — Meu coração está cheio! Está transbordando de lágrimas! A tristeza me domina e está me dilacerando. Adeus. Meu Deus, que tristeza! Não, não se esqueça de sua pobre Varvára!

Amada Varenka — minha joia, minha inestimável,

Agora você está quase indo embora, está prestes a partir! Que tivessem arrancado meu coração do peito em vez de terem-na levado de mim! Como você pôde permitir isso? Você chora, e ainda assim você vai! E apenas neste momento recebi de você uma carta manchada com suas lágrimas! Talvez você esteja partindo contra sua vontade; talvez esteja sendo sequestrada; talvez sinta pena de mim; talvez… talvez você me ame...! Mas como será sua vida agora? Seu coração logo ficará frio, doente e deprimido. A tristeza logo sugará sua vida; a tristeza logo a rasgará ao meio! Sim, você morrerá onde estiver e será sepultada na terra fria e úmida onde não há ninguém para lamentá-la. *Sr.* Bikov apenas caçará lebres...! Ah, minha querida, minha querida! Por que você tomou essa decisão? Como você pôde se decidir a dar esse passo? O que você fez, o que você fez? Logo eles a levarão para o túmulo; logo sua beleza será maculada, meu anjo. Ah, querida, você é fraca como uma pluma. E onde eu estive todo esse tempo? No que estive pensando? Fiquei olhando feito tolo. Via que você delirava, que sua cabecinha doía! Podia ter resolvido tudo, mas não, burro como sou, não pensei em nada, não vi nada, como se não fosse da minha conta. Sim, corri atrás de frivolidades...! Ah, mas eu sairei da cama. Amanhã me levantarei saudável e bem, e serei eu mesmo novamente... Querida, eu poderia me jogar sob as rodas de um veículo que passa em vez de vê-la assim. Com que direito isso está sendo feito...? Eu vou com você; eu vou correr atrás de sua carruagem se não me levar — sim, eu vou correr, e correr enquanto eu tiver forças, até que meu fôlego se esgote. Você sabe para onde está indo? Talvez não saiba, então me pergunte! Lá há estepe, minha querida, estepe deserta, como a palma da minha mão! Lá vivem apenas mulheres velhas sem coração e camponeses rudes e bêbados. Lá as árvores já perderam suas folhas. Lá residem apenas a chuva e o frio. Por que você deveria ir para lá? Verdade, *Sr.* Bikov terá suas distrações, ele poderá caçar lebres; mas e você? Você deseja se tornar apenas uma dama de fazenda? Não; olhe para si mesma, meu serafim celestial. Você é de alguma forma adequada para esse papel? Como poderia desempenhá-lo? Para quem eu escreveria cartas? Para quem eu enviaria essas mensagens? Quem eu chamaria de "minha querida"? Para quem eu aplicaria esse termo de carinho? Onde, também, eu poderia a encontrar? Quando você partir, Varenka, eu morrerei —

com certeza morrerei, pois meu coração não pode suportar essa miséria. Eu te amo como amo a luz de Deus; eu te amo como minha própria filha; a você eu dediquei meu amor em sua totalidade; só por você eu vivi; apenas porque você estava perto de mim eu trabalhei e copiei manuscritos e expressei minhas opiniões em papel sob a forma de cartas amigáveis. Talvez você não soubesse disso, mas foi assim. Como, então, minha amada, você pôde se decidir a me deixar? Não, você não deve ir — é impossível, é absolutamente, totalmente impossível. A chuva cairá sobre você, e você é fraca e pegará um resfriado. As enchentes pararão sua carruagem. Assim que passar as barreiras da cidade, ela quebrará, propositalmente quebrará. Aqui, em São Petersburgo, eles são maus construtores de carruagens. Sim, conheço bem esses construtores de carruagens. Eles são irresponsáveis que podem fazer um brinquedo, mas nada que seja durável. Sim, juro que eles não podem fazer nada que seja durável... Tudo o que posso fazer é me ajoelhar diante de *Sr.* Bikov, e contar-lhe tudo, contar-lhe tudo. Você também, conte a ele tudo, querida, e converse com ele. Diga-lhe que você deve ficar aqui, e não pode ir. Ah, por que ele não se casou com aquela filha do comerciante de Moscou? Que fosse se casar com ela. Ela seria muito mais adequada para ele e por razões que eu bem sei. Eu teria ficado com você aqui. Pois o que ele é para você, esse *Sr.* Bikov? Por que ele de repente se tornou tão querido em seu coração? É porque ele pode comprar bibelôs para você? O que são eles? Qual é a utilidade deles? Eles são um monte de lixo. Deveríamos considerar mais a vida humana em vez de meras frivolidades. No entanto, assim que eu receber meu próximo pagamento, pretendo comprar para você um novo manto. Pretendo comprá-lo em uma loja que conheço. Você apenas precisa esperar até meu próximo pagamento, meu anjo. Ah, Deus, meu Deus! Pensar que você está indo para as estepes com *Sr.* Bikov — que você está indo embora para nunca mais voltar...! Não, não, mas você deve escrever para mim. Você deve me enviar uma carta assim que tiver partido, mesmo que seja sua última carta de todas, minha querida. Mas será mesmo sua última carta? Como isso aconteceu tão de repente, tão irrevogavelmente, que esta carta é sua última? Não, não; eu escreverei, e você escreverá — ah, agora, quando finalmente estou começando a melhorar meu estilo. Estilo? Não sei o que estou escrevendo. Eu nunca sei o que estou escrevendo. Não poderia saber, pois nunca releio o que escrevi, nem corrijo ortografia. No momento, estou escrevendo apenas pelo prazer de escrever, e para colocar o máximo possível nesta minha última carta...

Ah, querida, meu amor, minha queridinha...!

Федоръ Достоевскій